Inhalt

Vorwort

A.S. Tory und der letzte Sommer am Meer« ist wieder eine in sich abgeschlossene Geschichte, knüpft aber an die beiden Vorgängerbände an. Hier eine kurze Zusammenfassung.

»A. S. Tory – Roadmovie um die Suche nach einer alten Single«:

Der fünfzehnjährige Sid folgt der Einladung des geheimnisvollen Mr. Tory nach London. Er wird auf einen Roadtrip quer durch Europa bis nach Marokko geschickt. In Italien lernt er die neunzehnjährige Chiara kennen. Sids Leidenschaft für Musik und alte Schallplatten, die Suche nach einer alten Vinylsingle und nach drei Brüdern spielen eine große Rolle. Mit dem Jungen Chan zieht Sid in Soho mit chinesischen Masken und einem Straßenschild umher, eine kurze Zwischenepisode, die im vorliegenden Band aber nochmals aufgegriffen wird.

»A. S. Tory und die verlorene Geschichte«:

Sid und Chiara führt es in die Vergangenheit Mr. Torys. Sie erforschen eine Biographie, die von einer ersten Jugendliebe, allerbesten Freunden, aber auch Hass und Tragik erzählt. Bei ihrer Suche landen sie im alten Ghetto Venedigs, im Wiener Untergrund und in Berlin-Kreuzberg. Es werden Verstrickungen des Wiener Anwalts Meierhoff und des Berliner Adligen von Berneke in die rechte Szene aufgedeckt.

Während der zweite Band vom Herbst 2018 erzählt, setzt »A.S. Tory und der letzte Sommer« ein Jahr später ein.

Prolog

Das Meer erfasste sie – eiskalt, schnell, erbarmungslos – riss sie fort, zog sie hinunter. Sie suchte Halt, spürte den Sand, stieß sich ab, um an Land zu schwimmen. Eine weitere Welle, die nach ihr griff, mit Gewalt über ihr zusammenschlug. Sie setzte an zu schreien. Doch ihr Rufen wurde vom Tosen des Wassers erstickt, verschluckt von der nächsten Woge, die sie mit Wucht traf und noch tiefer hinabzerrte. Grüne und weiße Strudel, grausam und faszinierend zugleich. Tausende Wasserblasen, die wild herumwirbelten. Mit aller Kraft versuchte sie sich dem reißenden Nass zu entziehen und sich vom brennenden Salzwasser aus ihren Lungen zu befreien. Sekunden der Hoffnung, die aufblitzten, doch mit der nächsten Welle weggespült wurden. Es gab noch so viel – ich muss – das darf nicht sein – keine Luft mehr – den ungläubigen Blick nach oben gerichtet – ich kann – nicht mehr – atmen – alles – dunkel – schwarz. Vorbei.

»Es ist eine meiner wichtigsten Fragen seit Jahrzehnten.
Vielleicht überhaupt die Wichtigste,
die sich Menschen stellen können.
Was macht Freiheit aus?
Entdecken Sie es für mich.
Erfahren Sie es.
Und sagen Sie mir,
was Sie gefunden haben.«

A. S. Tory

1. Hannover

Dienstag, 23. Juli 2019

War es jemals vorher schon so heiß gewesen? Das Fenster stand weit offen, doch drang kein einziger Luftzug herein. Nur weitere Hitze erfüllte den Raum. 23.45 Uhr. Im Radio lief *Vermissen* … Ich musste an Chiara denken. Wir kannten uns seit zwei Jahren, hatten jeweils im Herbst abenteuerliche Reisen miteinander verbracht. Auf Einladung jenes geheimnisvollen, alten Mannes: A. S. Tory. Wohnhaft in London, mit Wurzeln in Italien und Wien, 1938 aus Berlin geflüchtet, Verfasser rätselhafter E-Mails, die mich gleich zweifach auf Roadtrips geschickt hatten.

Das zwischen Chiara und mir war weit entfernt vom Liedtext. Dieses Gefühl, sie zu vermissen, dennoch vorhanden. Wir schrieben uns regelmäßig, bislang war leider unklar, wo und wann wir uns wiedersehen würden.

Sommerferien. Die elfte Klasse hatte ich geschafft. Nicht besonders gut, aber immerhin. Chiara war erfolgreicher, getrieben von dem Wunsch, Kunst zu studieren. Bereits jetzt stellte sie Zeichnungen für ihre Bewerbung zusammen.

Eine Woche zuvor hatte uns Papa besucht. Mein Vater, der Aussteiger, wollte seinen Traum, in Kanada zu leben, nicht mehr aufgeben. Mama hatte sich damit abgefunden und endlich ebenfalls ein neues Leben angefangen. Seit dem Frühjahr gab es jemanden Neues an ihrer Seite. Mein Bruder Ferdi tat sich damit schwer, ich fand den Typ ganz okay. Dass Mama jetzt häufiger unterwegs war, gab mir mehr Freiheiten. Nachdem ich ihr alles über A. S. Tory erzählt hatte, war ihre Meinung zu ihm überraschend milde und verständnisvoll ausgefallen und sie versuchte mich nicht mehr wie im Vorjahr ständig zu kontrollieren.

Gerade erstickten mich jedoch die Langeweile und die dreißig Grad am späten Abend in gleicher Weise. Weder das Buch, das ich gerade las, noch das PC-Spiel konnten das ändern.

Ich beschloss, kalt zu duschen. Das Wasser rieselte auf meinen Kopf und brachte zumindest kurzfristig etwas Abkühlung. Als ich zurück in mein Zimmer kam, leuchtete mein Handy auf. Ich schnappte es mir und starrte auf die Zeilen. Eine Nachricht von Chiara! Drei Worte …

Lust auf London?

Mit einem Union Jack – und einem Flugzeug-Emoji.

Eilig tippte ich ein Fragezeichen ein.

Ihre Antwort war ein lachender Emoji, ein Pfeil und das @-Zeichen.

Ich klickte meinen Mailordner an und da war sie: Wie im vorigen Jahr eine weitergeleitete Mail von Mister Tory. Ich atmete tief durch und las:

Liebe Chiara, lieber Sid,

üblicherweise schreibe ich Sie erst im Herbst an. Doch dieses ungewöhnlich warme Wetter hat mich auf die Idee gebracht, Sie einmal in das sonst so kühle und regennasse England einzuladen.

Sofern es Ihre eigenen Ferienpläne ermöglichen, könnten Sie bereits zum Wochenende meine Gäste sein. So lange Sie wollen. Die Erlaubnis von Frau Sagenroth dieses Mal vorausgesetzt. Da hoffe ich im Zweifelsfall auf die Überzeugungskraft von Chiara. Es wäre mir eine große Freude und Ehre, Sie beide in Kensington zu empfangen. Zudem kann ich Ihnen vor Ort in Ruhe die neuesten Entwicklungen zu Ihren Recherchen im Vorjahr berichten. Im Übrigen ist das Meer nicht weit. In knapp zwei Stunden sind Sie dort und können den englischen Sommer am Strand von Camber, gegebenenfalls auch in meinem Ferienhaus in Rye genießen. Rye ist zwar ein Stückchen weiter im Inland gelegen, aber ganz nah zu Camber und zum Meer.

Ich kann mich schnell um Ihre Reisemöglichkeiten kümmern. Ein Flug wäre bei der derzeitigen Wetterlage für Sie beide das angenehmste. Lassen Sie mich wissen, wie Sie sich entscheiden. Ach, Sid, und hören Sie noch einmal in die alten Platten Ihres Vaters. Da passt so einiges zu London, denke ich.

Es grüßt Sie A.S. Tory

Chiara, Tory, London! Das war der Hammer! Ich musste Mama davon überzeugen. Beim Blick auf die Uhr erkannte ich, dass es heute damit nichts mehr werden würde. Es war zwar noch entsetzlich warm, aber bereits halb eins.

Schnell schrieb ich Chiara eine Nachricht.

Natürlich habe ich Lust auf London! Morgen früh frage ich meine Mutter. Wenn ich es nicht schaffe, versuchst du es, okay?

Sie hatte auf meine Antwort gewartet:

Unbedingt. Ich war noch nie in London!

Wir schickten noch ein paar Nachrichten hin und her. Über die Einladung Torys waren wir beide erstaunt. Im letzten Jahr hatte es nicht danach ausgesehen, dass wir noch lange von ihm hören würden. Damals ging es Tory nicht gut, er wirkte sehr geschwächt. Umso überraschter und auch glücklicher waren wir über sein Schreiben.

Wir jammerten beide über die Hitzewelle, die nicht nur Hannover, sondern auch Campeto erreicht hatte. Chiara und ich sehnten uns das Meer herbei oder einen schattigen englischen Park. Schließlich sagten wir uns über den Messenger gute Nacht.

Ich war zu aufgewühlt, um zu schlafen, legte noch eine meiner neuerworbenen LPs auf. *Fade* von *Boy Harsher.* Hammermäßig, war zwar nicht von meinem Vater, hatte aber 80er-Sound, machte es zusammen mit der Wärme aber auch nicht leichter, zur Ruhe zu kommen. London. Ich könnte Chan endlich wiedersehen. Das wäre klasse. Mit ihm hatte ich seit zwei Jahren Kurznachrichten ausgetauscht. Dann fiel mir auf, dass Tory diesmal gar keinen Auftrag wie in den Vorjahren für uns zu haben schien. Fast ungewöhnlich für ihn. Über diesen Gedanken schlief ich irgendwann ein.

Kölner Kurier

Köln, 25.07.19 Der achtzehnjährige Laith A. wird seit zwei Wochen vermisst. Er sollte demnächst zusammen mit seiner Familie zurück in sein Heimatland abgeschoben werden, da der Asylantrag abgelehnt wurde. Laut Zeugenaussagen wurde ein junger Mann, auf den Laiths Personenbeschreibung zutrifft, in einem Zug nach Frankreich gesehen. Laith ist schlank, circa 1,80 m groß, hat dunkle kurze Haare, dunkelbraune Augen. Er spricht Deutsch mit Akzent und verfügt über recht gute Englisch- und Französischkenntnisse. Sachdienliche Hinweise nimmt die Polizei Köln entgegen.

2. London Calling

Mittwoch, 24.07.19

Am nächsten Morgen wachte ich früh auf. Nach wie vor stand die Luft und bereits jetzt erhob sich die Sonne drohend, um erbarmungslos einen neuen Wärmerekord zu brechen.

Als ich Mama in der Küche rumoren hörte, machte ich mich eilig auf, blieb in der Tür stehen und räusperte mich. »… Guten Morgen …«

Sie drehte sich erstaunt um. »Guten Morgen, Sid?«

Ich nahm all meinen Mut zusammen. Um den heißen Brei herumreden, nützte jetzt eh nichts. Die Zeit war knapp. »Mr. Tory lädt Chiara und mich nach London ein.«

Was hatte ich erwartet? Einen Protestruf? Sofort ein Nein? Jedenfalls nicht das. Mama sagte nichts, sondern lächelte nur, deutete auf den Stuhl am Küchentisch. Ich setzte mich, leicht verunsichert von ihrer Reaktion. Sie ließ sich mir gegenüber auf dem Platz nieder.

»Obwohl ich Mr. Tory immer noch nicht persönlich kenne, hat das, was du über ihn berichtet hast, doch meine Meinung über ihn geändert … wobei, das musst du zugeben, weder er noch Chiara einen geruhsamen Urlaub garantieren …«

Ich schwieg. Verlegen schaute ich auf die Tischplatte und fuhr gedankenverloren mit der Hand die feinen Rillen auf dem Holz nach. Mama wusste zwar jetzt viel mehr, dennoch hatte ich meiner Mutter von beiden Reisen nur die entschärfte Version erzählt. Warum sollte ich sie unnötig beunruhigen? Dass Chiara eine Neigung zu unvernünftigen und gefährlichen Aktionen hatte, stimmte. Es schauderte mich immer noch, wenn ich an so manches im letzten und auch vorletzten Jahr dachte. Das wäre um ein Haar richtig schief gegangen. Hätten wir uns jeweils an Torys Anweisungen gehalten, wäre alles nur halb so gefährlich gewesen.

Mama sah mich mit einem sanften Lächeln an. »Ich weiß, dass du auch fahren willst, um Chiara zu sehen. Ich mag sie. Aber Sid, sie ist vier Jahre älter. Ich will nicht … ich meine: Bitte mach dir nicht allzu viele Hoffnungen.«

Ich musste schlucken. Ich hatte mit Mama nicht oft über Chiara gesprochen. Irgendwie war es mir auch jetzt nicht recht.

»Keine Sorge. Es ist alles okay. Sie ist nur ein guter Kumpel.«

Mama wollte irgendetwas entgegnen, nickte dann aber nur. »Gib mir die Nummer von deinem Mr. Tory. Ich möchte ihn mal selbst sprechen. Wenn er mich überzeugen kann, kannst du fahren.«

Bis zum letzten Jahr hatte ich keine Telefonnummer von Mr. Tory. Mittlerweile hatte er das nachgeholt und sie mir gegeben. Dass er und meine Mutter telefonieren würden, war irgendwie etwas komisch. Aber mir blieb nichts anderes übrig. Ich holte mein Handy, auf dem schon die ungeduldige Nachfrage von Chiara wartete und suchte den Kontakt von Tory heraus, schrieb die Ziffern auf ein Stück Papier und gab es meiner Mutter.

Sie besah sich den Zettel, schaute auf die Uhr. »Acht Uhr dreißig. Ist Mr. Tory ein Frühaufsteher?«

Ich zuckte mit den Achseln. »Er ist ein alter Mann. Hat aber einen Butler. Vermutlich wird der zuerst ans Telefon gehen. Auch kam es mir immer so vor, als würde Tory gar nicht schlafen.«

»Aha … nun, ich werde sehen.« Sie verließ die Küche und betrat ihr Arbeitszimmer. Ich konnte ihr gerade noch hinterherrufen: »Er heißt eigentlich Montgomery.«

Mama nickte und schloss die Tür hinter sich. Ich versuchte zu lauschen, konnte jedoch nichts verstehen. Ob er die gleiche Überzeugungskraft hatte wie Chiara? Er hatte mich vor zwei Jahren dazu gebracht, heimlich auf Reisen zu gehen. Mama gegenüber gab er sich damals als ein Vater eines Mitschülers, Herr Brauer, aus und flunkerte sie an, ich würde zwei Wochen ein Lateincamp besuchen. Bei der Erinnerung daran musste ich schmunzeln. Ob sie ihn nochmals darauf ansprechen würde? Sie hatten seitdem nie wieder miteinander telefoniert. Während des Telefongesprächs antwortete ich Chiara, die zum zweiten Mal eine Nachricht geschickt hatte:

Meine Mutter telefoniert mit Tory.

Mio Dio! Warum hast du nicht mich mit ihr reden lassen?

Keine Chance. Sie wollte es unbedingt.

Chiara schickte mir den Emoji mit den betenden Händen. Ich selbst hoffte inständig, dass das hier gut ausging. Endlich hörte ich Mamas Schritte, die Tür öffnete sich.

Zu meinem Erstaunen hatte sie immer noch den Hörer am Ohr. »Ja, er wartet schon. Ich gebe Ihnen jetzt Sid. Auf Wiederhören, Mr. Montgomery.«

Ich nahm das Telefon in die Hände, schaute Mama fragend an, die kurz grinste und dann in der Küche verschwand.

»Mein lieber Sid, ich hatte ein sehr angenehmes Gespräch mit Ihrer Mutter. Eine sympathische Frau. Wir haben uns vortrefflich unterhalten. Sie scheint ein äußerst belesener Mensch zu sein und eine Shakespeare-Liebhaberin. Ich musste ihr versprechen, dass Sie auch das kulturelle Angebot von London nutzen werden ...«

»Das heißt also, ich darf fahren?« Ich rief meine Frage

vermutlich viel zu laut in den Hörer. Doch Tory, die Höflichkeit in Person, beschwerte sich nicht, sondern antwortete nur kurz und knapp: »Ja, so sieht es aus, mein Lieber. Sie hat zwei Wochen England erlaubt.«

»Wahnsinn! … Ich meine, ich danke Ihnen, Mr. Tory!«

»Ach, bei mir müssen Sie sich nicht bedanken, danken Sie Ihrer Mutter. Und jetzt sprechen Sie am besten mit Chiara ab, wann ich einen Flug von Pisa und auch von Hannover aus nach London buchen soll.«

»Aber natürlich. Das werde ich sofort machen.«

»Sehr schön. Dann tun Sie das und geben mir Bescheid.«

Wir verabschiedeten uns und ich beeilte mich, meiner Mutter zu danken. Sie lächelte mich an und erklärte dann nur: »Er scheint ein netter alter Herr zu sein und hat mir versprochen, euch nicht wieder im Zickzackkurs durch die Weltgeschichte zu jagen. London und ein bisschen was von England und vom Meer reichen ja auch.« Sie zwinkerte mir zu. »Na, jetzt mach schon und sag Chiara Bescheid!«

Das tat ich sofort. Chiara schien zeitweise in ihrem Handy zu wohnen, denn ihre Antwort kam prompt.

Si! Yes! Mega! Ich bin dabei. Gern schon am Freitag. Du kannst Tory Bescheid geben.

Ich überlegte, ob ich ihm wie üblich eine E-Mail schicken sollte, entschied mich dann aber für das Telefon. Ich schnappte mir den Hörer, drückte die Wahlwiederholungstaste. Tory war genauso schnell wie Chiara am Apparat. Er freute sich sehr, das konnte ich an seinem Tonfall merken, und versprach schnellstmöglich, für uns beide Flüge zu buchen und uns die Tickets per E-Mail zu schicken.

Tatsächlich dauerte es nur knapp eine Stunde und auf meinem Handy prangte der Scancode von British Airways für einen Direktflug nach London am Freitagmittag. Auch Chiara schickte ein Bild ihres Tickets von ihrem Smartphone. Wir würden, vorausgesetzt, es gab keine Verspätung, sogar relativ zeitgleich in London eintreffen.

Jubelnd lief ich in mein Zimmer, kramte im Plattenvorrat meines Vaters und fand sie schließlich. Zu *London Calling* von *The Clash* sprang ich in meinem Zimmer herum und freute mich wie Bolle. Yes, London! I'm coming!

The Times

London, 27.07.19 Die Hitzewelle beschert der Insel neue Besucherrekorde. Viele kommen vom Festland, in der Hoffnung auf das kühle englische Wetter. Doch auch London ächzt unter den Temperaturen. Die Kontrollen zwischen Calais und Dover wurden verschärft, da viele Flüchtlinge die Touristenströme nützen wollen, um illegal nach England zu kommen. Gleich mehrere Flüchtlingsboote wurden bei dem Versuch gestoppt, von Calais aus nach England zu gelangen. In einem LKW-Container auf einem Parkplatz bei London wurden mehrere Leichen entdeckt. Es wird verstärkt nach Schleppern gefahndet. Im Rahmen einer Anti-Brexit-Demo kam es gestern am späten Abend zu schweren Ausschreitungen in London. Beteiligt waren eine Gruppe von Migranten und Mitglieder einer rechtsextremen Gruppierung. Letztere hatten ein Plakat getragen mit dem Logo: »Refugees go home or die.«

3. Welcome to England

Freitag, 26.07.19

Wie im Vorjahr brachte mich Mama zusammen mit Ferdi zum Flughafen. Während sie diesmal nahezu gelassen schien, war ich sehr aufgeregt. Vielleicht, weil ich das erste Mal mit Chiara zusammen bei Tory eintreffen würde?

Ich hatte mir wieder für den Flug meine persönliche Playlist zusammengestellt und startete mit *Travis,* während mich British Airways Richtung England beförderte. Der Himmel war strahlend blau und die Sicht klar, anders als im vorletzten Herbst. Staunend betrachtete ich unter mir den Ärmelkanal, dann die grünen Landstriche von Kent und schließlich das riesige, dicht bebaute Gebiet rund um London. Satellitenstädte, Gewerbegebiete, Fabriken.

Im Flughafen Heathrow angekommen, schaltete ich den Flugmodus aus und schrieb Chiara, dass ich gelandet war. Von ihr gab es noch keine Nachricht. Sie musste früh morgens aufbrechen, um nach Pisa zu kommen. Ihr Flug war eine Stunde eher gestartet, dauerte aber auch länger. Ich brauchte etwas, um mich zu orientieren, fand dann schließlich die Gepäckauslieferung. Als ich meinen Koffer endlich hatte, suchte ich ein Café auf, um dort zu warten. Beim Durchscrollen der aktuellsten Nachrichten blieb ich kurz an einer Pressemeldung hängen. *Schwere Ausschreitungen in London.* Puh, hoffentlich las das nicht Mama. Sie würde sich sogleich wieder Sorgen machen und am Ende ihre Entscheidung bereuen.

»Buon giorno, mein Wildschweinheld!« Seit der Wildschweinjagd vor zwei Jahren war das Chiaras Spitzname für mich. Ich schnellte auf meinem Stuhl herum und hätte dabei fast die Cola auf mein Handy geschüttet, als Chiara mich von hinten ansprach und umarmte. Grüne Augen in einem Meer von Sommersprossen strahlten mich an. Ihre roten Haare hatte sie zu zwei lustigen Zöpfen nach oben gesteckt. Sie trug eine Shorts und ein ärmelloses T-Shirt mit einem Wildschwein auf einem Motorrad. *Born to be wild.* Ich musste lachen. Chiara und ihre verrückten Shirts. Das hier kannte ich noch nicht. Sie schob ihren Koffer unter den Tisch und setzte sich neben mich, schnappte sich meine Cola und trank einen riesigen Schluck daraus.

»Scusa, das musste grad sein. Hab einen Riesendurst. War alles heute ganz schön anstrengend gewesen.«

»Das glaube ich. Da hatte ich es sicher entspannter. Aber jetzt haben wir es geschafft. Torys Chauffeur ist bereits unterwegs. Er wird uns direkt vor dem Flughafen abholen.«

»Mamma mia, was für ein Luxus! Ich bin so etwas von

gespannt auf Torys Villa! Mensch, Sid, das wird bestimmt toll!«

»Ja, und diesmal ganz ohne irgendeinen Recherchestress.«

Chiara kaute auf ihrer Unterlippe herum und sah mich dann an. »Si, wobei ich zugeben muss, dass ich das fast etwas bedauerlich finde.«

Ich musste grinsen. Wenn ich so zurückdachte, hatte sie einen Mordsspaß an der Detektivarbeit gehabt, die wir in beiden Jahren geleistet hatten. Sicher war sie auch stets die treibende Kraft gewesen. Jedenfalls waren wir ein klasse Team. Und auch ich bedauerte es etwas, dass uns Tory anscheinend nur zu einem Urlaub einlud.

»Was soll's. Dafür kommen wir nach England vor dem Brexit. Wer weiß schon, ob sie uns im nächsten Jahr noch reinlassen.« Ich musste kurz lachen. »Auch können wir ans Meer. Ich bin schon gespannt auf dieses Camber. Scheint echt nicht so weit von London zu sein.«

»Si vero, ich auch. Aber ich freue mich auch riesig auf London. Hey, wir werden wieder Riesenrad fahren, oder?«

Ich musste an den Tag zurückdenken, an dem wir am Prater waren, und mir gelang daher nur ein schiefes Grinsen.

»Allora, natürlich ohne Schlägerei!«

Und ohne Kuss … ergänzte ich für mich und schwieg.

Chiara ging jedoch darüber hinweg. »Na los, dann lass uns den Chauffeur anrufen. Es ist also nicht Matthew?«

»Nein, nein. Matthew kümmert sich eigentlich nur um alles im Haus.«

Torys Chauffeur Waters brachte uns in einer schwarzen Limousine nach Kensington. Ähnlich wie in Berlin begleitete Chiara die Fahrt mit lauter »Ahs« und »Ohs« und wollte alles erklärt bekommen. Da ich vor zwei Jahren nur kurz in London war, konnte ich ihr nicht viel sagen, doch half Waters etwas aus. Auch wenn er anders als Matthew zu der zurückhaltenden Sorte gehörte und Chiara mindestens so erstaunt gemustert hatte wie mich damals. Als sich das große schmiedeeiserne Tor auftat und wir langsam über den knirschenden Kiesweg die Auffahrt zur Villa vorfuhren, konnte sich Chiara kaum mehr einkriegen und stieß eine Salve italienischer Begeisterungsrufe aus, die selbst den distinguierten Waters zum Schmunzeln brachten.

Bevor wir die letzte Stufe erreichten, öffnete sich die Tür und Matthew begrüßte uns mit einem warmen Lächeln.

»Welcome to England, Chiara und Sid!«

Chiara umarmte Matthew so stürmisch, wie sie es von zu Hause gewöhnt war, was den guten Matthew etwas erröten ließ. Er nahm uns die Koffer ab und begleitete uns durch die große Eingangshalle, die Chiara erneut dazu veranlasste

»Mega!«, »Porca Puttana!«, »Mio Dio« und Ähnliches zu rufen.

»Warte ab, bis du die Bibliothek siehst«, warnte ich. »Dann wirst du vermutlich ausflippen.«

Matthew lächelte. »Yes, here we are, Mr. Tory is already awaiting you.«

Er öffnete die Bibliothekstür und führte uns in diesen grandiosen Raum, der mich schon vor zwei Jahren beeindruckt hatte. Chiara blieb wie angewurzelt stehen und selbst ihr fehlten erst einmal die Worte. Sie ließ ihren Blick durch das riesige Zimmer gleiten, schien jeden einzelnen Gegenstand erfassen und begreifen zu wollen: die meterhohen Regale mit Tausenden von Büchern, die sich an allen Seitenwänden befanden; schmale lange Fenster, umrahmt von schweren dunkelgrünen Samtvorhängen, farbenfrohe Gemälde, große Kübel mit hochgewachsenen Pflanzen, den großen schwarzen Flügel und die hohen Skulpturen aus Marmor und Bronze.

In diesem Moment hörten wir eine heisere, aber wohlbekannte Stimme. »Kommen Sie näher, ich freue mich so, Sie hier begrüßen zu können.«

Emilys Tagebuch

21.07.19 Ich freue mich irrsinnig auf unsere Tour. Endlich keine Schule mehr und ein paar Wochen frei. Meine erste Reise ohne meine Eltern, bei der ich tun und lassen kann, was ich will. Ohne ein festes Reiseziel. Sechs ganze Wochen!

Sarah belächelt es, dass ich Tagebuch schreibe. Sie meint, das wäre so was von retro. Das würde sonst kein Mensch mehr machen. Aber ich mache das gern. Ich habe auch schon Postkarten gekauft und werde sie später einkleben.

Heute war unsere erste Reiseetappe. Wir sind von Hamburg aus mit dem Zug nach Amsterdam gefahren. Sarah war die ganze Zeit wild auf diese Coffeeshops und ich glaube auch, sie und Nele haben sich mit irgendetwas für unsere Tour versorgt. Wir haben überlegt, ob wir in Holland bleiben und ans Meer fahren sollen, doch dann haben wir gemeinsam beschlossen, dass es weiter nach England gehen soll.

Wir übernachten heute in einer Jugendherberge und nehmen morgen den Zug nach Calais. Noch sind wir uns nicht einig, wie wir die Zeit dort verbringen wollen. Ich hoffe, Sarah setzt sich nicht mit allem durch, und ändert Neles und meine ursprünglichen Planungen, die wir schon Wochen zuvor gemacht hatten.

4. Kensington

Wir saßen in Sesseln Mr. Tory gegenüber und nippten an eiskalter Zitronenlimonade. Ich machte mich über den bereitgestellten Sandwichberg her.

Tory sah schmal aus, sein ohnehin schmächtiger Körper versank förmlich in dem Rollstuhl. Doch seine blauen Augen strahlten eine Lebendigkeit aus, die ich im letzten Jahr an ihm vermisst hatte. Er schien sich sehr darüber zu freuen, uns wiederzusehen. Chiaras Begeisterung für seine Villa und die Bibliothek bereiteten ihm sichtliches Vergnügen. Sie entdeckte Torys riesige Plattensammlung, stand auf, um sie sich näher anzuschauen. Die Sammlung war mir damals in der ganzen Aufregung ganz entgangen. »Allora, das ist ja richtig klasse. Dass ein Mann aus Ihrer Generation auch Platten mit so moderner Musik hört!«

Mr. Tory lächelte. »Na ja, ganz moderne Sachen sind nicht mehr dabei, aber ich habe lange Zeit versucht mitzuhalten.«

Ich rechnete. In den Sechzigern, auf dem Höhepunkt der Rock- und Popkultur, war er schon um die vierzig gewesen. Viele hören wesentlich früher damit auf, sich für Musiktrends zu interessieren. Es war schon recht außergewöhnlich, dass er überhaupt dieses Interesse an Musik hatte.

»Haben Sie eine Lieblingsplatte?«, wollte Chiara wissen.

Tory überlegte. »Das ist sehr schwer. Da wären zum Beispiel Leonhard Cohen, Miles Davis, Beatles. Hm, aber ein Lieblingsstück ist sicherlich *Johnny Cashs* Version von *Hurt*.«

Chiara schaute mich fragend an, ich kannte es aber. War Tory auch ein so verletzter alter Mann? Er war gerade so fröhlich. Aber vielleicht passte es doch zu ihm? Tory deutete auf das Regal und erklärte, wo ich die Platte finden konnte. Ich entdeckte sie schnell, legte sie auf und wir lauschten andächtig der Musik. Um die Stimmung dieses doch sehr traurigen Liedes etwas aufzulockern, erkundigte sich Tory, was wir das Jahr über erlebt hatten und wie es mit unseren schulischen Erfolgen aussah. Chiara berichtete eifrig. Ich hingegen hatte weniger Lust, über die Schule zu reden, und lenkte das Gespräch schließlich auf ein anderes Thema, das mich viel mehr interessierte. Auf dem Tisch hatte ich mehrere aufgeschlagene Akten und Briefe gesehen.

»Sie wollten uns zu Meierhoff und Berneke etwas berichten?«

Tory lächelte. »Ja, es gibt gute Neuigkeiten.«

Auch Chiara horchte auf.

Tory erzählte: »Meierhoff hat nicht nur auf seine Kandidatur für das Bürgermeisteramt verzichtet, sondern ist auch von allen Ämtern im Stadtrat zurückgetreten. Nicht freiwillig, versteht sich.« Er deutete auf die Akten. »Mein Anwalt hat ganze Arbeit geleistet. Da Meierhoff selbst Anwalt ist, gab es zwischen den beiden einen regen Schriftverkehr. Doch letztlich hat Meierhoff klein beigegeben. Seitens der Wiener Philharmonie wurde ein Statement abgegeben, in dem sie sich von seinem Vater Johann Meierhoff deutlich distanziert hat. Gretas Brief hat hier endlich Wirkung gezeigt.« Tory machte eine kleine Pause, lächelte etwas wehmütig und versonnen, sprach dann weiter. »Von Berneke behauptet leider, von den Straftaten Karl Wenkows, besser bekannt als Krawall-Kalle, nichts gewusst zu haben.«

Chiara fluchte: »Dieser Lügner!« Tory gab ihr recht und fuhr fort: »Kalle konnte endlich für längere Zeit hinter Gitter gebracht werden. Es ließen sich auch Zusammenhänge zu neueren ausländerfeindlichen Aktionen feststellen. Malte Berneke verbüßt ebenfalls derzeit eine Haftstrafe.«

Ich fragte mich, was unter diesen Umständen mit der alten Frau Reuters geschehen war. Margarethe Reuters, Greta, geborene von Berneke, war die einstige Jugendliebe Mr. Torys und wir hatten sie im Zuge unserer Recherchen letztes Jahr kennengelernt. Auch konnte sie am Schluss dazu beitragen, dass große Schuld nach Jahrzehnten ans Licht gebracht wurde. Dabei hatte die Beteiligung ihrer eigenen Familie eine nicht unerhebliche Rolle gespielt. Ich stellte es mir sehr schwierig für sie vor, weiterhin mit ihrem Neffen unter einem Dach zu leben. »Wohnt Greta noch bei den von Bernekes?«

Tory schüttelte den Kopf. »Nein, sie hat sich eine kleine Wohnung gemietet und wird dort von Katharina betreut. Ich glaube aber auch, sie verabschiedet sich allmählich von dieser Welt …«

»Ohhh … das ist traurig …« Chiara sah betroffen aus.

Tory nickte. »Ja, aber sie hat ein hohes Alter erreicht. Wie ich ja auch. Es ist im Grunde höchst erstaunlich, wie alt wir beide geworden sind. Es ist ein großes Geschenk, dass wir das späte Wiedersehen und die Aussöhnung im letzten Jahr noch erleben durften … wir sind Ihnen beiden dafür sehr dankbar.«

»Haben Sie denn noch Kontakt zu Greta?« Chiara bewegte die alte Jugendromanze nach wie vor.

Tory lächelte sanft. »Wir telefonieren zuweilen.«

»Das freut mich«, meinte Chiara. »Und es freut mich auch, dass Sie es geschafft haben, diesen miesen Typen einen Denkzettel zu verpassen. Hm, Berneke ist am besten davongekommen, das ärgert mich zwar. Allerdings dürfte es für ihn Strafe genug sein, dass sein Sohn verhaftet wurde.«

Ich stimmte Chiara zu: »Das haben Sie wirklich gut hinbekommen, Mr. Tory.«

Tory blickte nachdenklich auf den Aktenberg vor ihm. »Wir dürfen uns nichts vormachen: Es gibt da draußen noch genug, die weiterhin ihren menschenverachtenden Überzeugungen folgen. In Deutschland wie auch andernorts. Alte wie auch junge Menschen …« Er seufzte. »Sie sind mit dem Flugzeug gekommen und haben daher nicht die Flüchtlinge in Calais gesehen. Es ist zwar nicht mehr so gravierend wie 2016, als es dieses Lager im Hafengebiet gab, dennoch weiterhin ein großes Problem. Damals waren es bis zu achttausend Flüchtlinge, die vergeblich darauf gewartet hatten, nach England zu kommen. Als wären wir das Gelobte Land … womit wir dann auch tatsächlich bei einer der ersten Flüchtlingsgeschichten wären …«

»Mio Dio, stimmt … der Dschungel von Calais. Das muss echt schlimm gewesen sein.«

Tory nickte. »Ja, das war es … und das ist es andernorts noch immer … aber ich habe Sie nicht hierhin eingeladen, damit wir uns nur mit ernsten Geschichten beschäftigen. Sie sollen sich dieses Mal mehr vergnügen können. Was halten Sie davon, wenn Sie, solange es so drückend heiß ist, gleich morgen die Gelegenheit ergreifen und ans Meer fahren? Sie sollten aber den heutigen Abend bereits dafür nützen, etwas von London zu sehen.«

Ich fand den Vorschlag gut. Chiara hatte ebenfalls nichts dagegen einzuwenden.

»Sehr schön. Genießen Sie diese zwei Wochen England. Und wer weiß schon, wie schwierig es ab nächstem Jahr sein wird, so spontan unsere Insel zu besuchen.«

Ich musste lachen. »Tories sind doch die Brexitbefürworter, oder?«

Mr. Tory lachte ebenfalls auf. »Ich bin zur Zeit besonders froh, eigentlich einen anderen Namen zu haben …« Tatsächlich war der Name A. S. Tory ein ganz besonderes Kapitel, dem wir bei beiden Reisen erst gegen Ende wirklich auf den Grund gehen konnten.

»So, aber über diese unerfreulichen Dinge wollen wir jetzt nicht sprechen. Bestimmt möchten Sie sich etwas ausruhen oder Pläne für den Abend schmieden. Ich bin gespannt, wo es Sie als Erstes hinzieht.«

Ich überlegte. »Aber Mr. Tory, eine Frage hätte ich schon noch. Haben Sie dieses Mal denn gar keinen Auftrag für uns? Also, ich meine, dass wir irgendetwas suchen sollen?«

Tory lächelte. »Doch, ich habe etwas für Sie. Es ist eine meiner wichtigsten Fragen seit Jahrzehnten. Vielleicht überhaupt die Wichtigste, die sich Menschen stellen können. Gerade auf dem Hintergrund meiner eigenen Kindheit und Jugend war es etwas, das mich nie losgelassen hat. Auch jetzt wieder, da es für so viele Menschen nach wie vor keine Selbstverständlichkeit ist. Was macht Freiheit aus? Was hat mich hier und auf meinen Reisen so oft glücklich gemacht? Ist es nur eine Illusion? Die rosaverklärte Sicht aus meinen Alterstagen? Entdecken Sie es für mich. Erfahren Sie es. Es würde mich sehr glücklich machen, wenn Sie genau das erleben können, was mir in ihrem Alter noch nicht vergönnt war. Und sagen Sie mir nach den zwei Wochen, was Sie gefunden haben.«

Sowohl Chiara als auch ich waren über Torys Worte irritiert. Die Freiheit suchen? Kleiner ging es wohl nicht.

Da Tory augenscheinlich seinen Auftrag nicht weiter erläutern wollte, fragte ich ihn dann noch etwas anderes: »Mr. Tory, ist es denn okay von uns, direkt am ersten Abend auf Achse zu gehen?«

»Mein lieber Sid, es ehrt Sie, dass Sie diese Frage stellen. Wissen Sie, wäre ich noch jünger, würde ich sofort mit Ihnen losziehen und Ihnen London zeigen. Das funktioniert aber nicht mehr. Nein, ganz im Gegenteil, wenn Sie hier diesen wunderbaren Sommerabend bei mir verbringen würden, würde ich Ihnen das sogar übel nehmen. Ich denke, es wird in diesen zwei Wochen noch Gelegenheit geben, miteinander Zeit zu verbringen.«

Sowohl Chiara als auch ich beteuerten dies. Chiara antwortete: »Aber ja doch, Mr. Tory, das werden wir natürlich machen. Wir verbringen sehr gerne unsere Zeit mit Ihnen.«

»Das freut mich. Ich denke, ich werde jetzt einmal Matthew rufen.«

Matthew führte uns in den ersten Stock. Ich bekam wieder das gleiche Zimmer wie vor zwei Jahren. Chiara hatte sogar einen Balkon und ein riesiges Himmelbett. »Also Sid, ich muss schon sagen, das hier ist nicht schlecht …«

Emilys Tagebuch

22.07.19 Wir sind in Calais. Es ist noch heißer geworden. Rund um das Hafengebiet konnte man Zelte und viele Menschen sehen; heruntergekommen, ärmlich, darunter auch viele junge Männer. Es gibt sogar bewaffnete Patrouillen. Schon irgendwie krass.

Mensch, die wollen alle mit rüber, meinte Nele.

Können sie aber nicht, war Sarahs einzige Antwort. Sie scheint sich da weniger einen Kopf zu machen.

12.00 Uhr: Seit einer halben Stunde sind wir auf der Fähre. Trotz des Fahrtwinds auf dem Deck klebt mir die Kleidung am Leib und am liebsten würde ich ins Meer springen. Sara und Nele haben sich Fish and Chips geholt. Ich finde das eklig bei der Hitze und habe verzichtet. Die beiden hängen jetzt drüben auf dem Sonnendeck ab. Ich hoffe sehr, das klappt mit unserer gemeinsamen Zeit. Dass Sarah nun dabei ist, stört mich nach wie vor. Wir haben vorhin darüber gesprochen, was wir in England machen wollen. Das wird nicht ganz einfach. Sarah will shoppen und an den Strand, ich würde gerne noch etwas mehr vom Land sehen. Ich sitze gerade in einer schattigen Ecke an Deck und warte darauf, dass wir endlich in Dover ankommen. Noch wissen wir nicht, wo wir bleiben werden. Aber wir wollen uns auf jeden Fall etwas am Meer suchen. Ein Zelt und Schlafsäcke haben wir ja dabei.

20.00 Uhr: Die Campingplätze bei Dover waren alle besetzt. Wir sind mit einem Bus bis nach Camber gefahren und haben endlich ei-

nen Platz für unser Zelt gefunden. Es ist auch hier sehr voll. Aber der Strand ist nah und echt schön. Riesengroß. Das Meer war heute Abend ganz weit weg, Ebbe. In einem Burgerimbiss am Strand haben wir zu Abend gegessen. Ich habe gerade festgestellt, dass in der Nähe ein Junge in unserem Alter ganz alleine zeltet. Er machte so einen einsamen und traurigen Eindruck. Wer er wohl ist und woher er kommt?

5. Chan

Für kurze Zeit war ich eingeschlafen, da klopfte es. Ich sprang auf und öffnete die Tür. Chiara platzte in mein Zimmer. »Zeit zum Pläneschmieden. Ich will etwas von London sehen.«

Erst einmal rieb ich mir die Augen und konnte ein Gähnen gerade noch so unterdrücken, musste aber unwillkürlich über Chiaras Tatendrang lächeln. Sie würde es auch ohne jeden Auftrag Torys schaffen, in diesen zwei Wochen keine Langeweile aufkommen zu lassen.

Ich wies auf die Sitzecke in meinem Zimmer. »Na dann, schieß mal los.«

Chiara schwang sich in den Sessel und verkündete froh gelaunt: »Ich will nach Covent Garden und dann nach Soho. Und diesen Chan endlich kennenlernen.«

Ich war erstaunt, hätte ich doch eher vermutet, dass Chiara sich erst einmal die Hauptsehenswürdigkeiten Londons anschauen würde. Natürlich wollte ich Chan auch unbedingt treffen, hatte mich aber nicht getraut, das gleich für den ersten Abend vorzuschlagen. Ich hatte Chiara bereits vor zwei Jahren von ihm erzählt. Unseren Ausflug mit den chinesischen Masken und einem Verkehrsschild fand sie lustig und meinte damals, dass sie den Spaß auch mitgemacht hätte, was ich ihr sofort glaubte. Sobald unsere Londonpläne feststanden, hatte ich mich bei Chan gemeldet. Er war sehr erfreut gewesen und erklärte, dass das gut passen würde, weil er gerade selbst ein paar Tage frei hätte. Was er derzeit machte, wusste ich gar nicht so genau. Zuletzt hatte er so eine Art berufsbildende Schule besucht, arbeitete ansonsten vorrangig im Restaurant seiner Eltern.

»Chan heute zu treffen wäre klasse. Okay, ich werde ihm eine Nachricht schicken.«

»Unterhältst du dich mit ihm auf Englisch?«

»Logisch, wohl kaum auf Chinesisch. Allerdings haben wir im letzten Jahr spaßeshalber damit angefangen, auch etwas auf Deutsch zu chatten. Am Anfang hat er die automatischen Übersetzungshilfen benutzt. Dabei kam manchmal der größte Blödsinn heraus. Aber wir hatten echt Spaß dabei. Mittlerweile bemüht er sich jedoch ernsthaft, etwas mehr Deutsch zu lernen. Im Restaurant sind wohl gar nicht so selten deutsche Touristen zu Besuch. Und er ist ziemlich schlau und hat dazugelernt. Seine Sprachnachrichten hören sich immer noch lustig an, aber er kann mittlerweile das meiste verstehen. So, jetzt schauen wir mal, ob er gleich antworten wird.« Ich tippte meine Nachricht ein. Während wir auf Chans Antwort warteten, unterhielten wir uns darüber, wie wir die zwei Wochen verbringen wollten. Chiara hatte wie so oft tausend Ideen. Genauso wie Tory es auch vorgeschlagen hatte, zog es sie aber für die nächsten Tage eher ans Meer. Laut Wetterbericht blieb es wohl vorerst so heiß.

In diesem Moment leuchtete auf meinem Display Chans Nachricht auf.

Hello Sid! Das ist wonderful, du bist here! Come on, I'm waiting for you. China Express. Lisle Street Number 203

»Super! Sollen wir erst zu ihm und dann gemeinsam Covent Garden besuchen?«

»Si. Warum nicht? Aber wehe, dieser Chan ist nicht so nett, wie du ihn beschrieben hast, dann zieh ich alleine weiter!«

»Okay, okay, also ich kann für nichts garantieren. Damals war er nett. Beim Chatten auch. Schauen wir einfach mal.«

Wir beeilten uns, Tory Bescheid zu geben. Er freute sich über unsere Pläne und wünschte viel Spaß. »Übrigens, Sid – lassen Sie die Verkehrsschilder diesmal besser stehen.«

Ich musste lachen. »Ich werde mich bemühen, Mr. Tory.«

In Chinatown erwartete uns das gleiche bunte Treiben wie vor zwei Jahren. Jetzt in der Sommerferienzeit erschien es mir noch voller und lauter. Alle Restaurants waren gut besucht. Fenster standen offen und Musik drang nach außen. An jeder freien Stelle standen Stühle und Tische vor den Restaurants. Obwohl es noch hell war, blinkte und leuchtete nebeneinander ein Restaurant nach dem anderem. Die orange-roten Laternenketten, die quer über die Straßen gespannt waren, machten Chinatown noch bunter und fröhlicher, verliehen dem Ganzen so eine Mischung aus Karneval, Kirmes und Weihnachten. Verstärkt durch die Außentemperaturen war alles erfüllt von dem würzigen Duft fernöstlicher Speisen und sorgte dafür, dass ich trotz der beträchtlichen Anzahl an Sandwiches, die ich in Kensington vertilgt hatte, wieder hungrig wurde. Chiara begleitete mich staunend und kommentierte alles mit Begeisterung, fotografierte und machte mehrere Selfies von uns beiden.

Es war nicht einfach, sich zu orientieren, und so brauchten wir etwas Zeit, bis wir den China Express fanden. Anders als im Herbst waren auch hier kleine Stühle und Tische draußen aufgestellt und die Fenster geöffnet. Fast mit einer Art nostalgischem Gefühl blieb ich vor dem Eingang stehen, neben dem sich immer noch die bebilderte Karte befand, die mich vor zwei Jahren dazu veranlasst hatte, das kleine Restaurant zu betreten. Was war ich da noch ängstlich gewesen! Mein erster Tag allein in London! Zuvor hatte ich Stunden im alten Antiquariat von Zefani verbracht. Ich wusste zu dem Zeitpunkt überhaupt nicht, was mich erwarten würde.

Wir betraten das Restaurant. Es hatte diese schummrige Atmosphäre wie damals. Die Sitzecken waren in das rote

Licht der darüber hängenden Papierlaternen getaucht. Ich musste blinzeln und ließ meinen Blick suchend durch den Raum schweifen, in dem fast alle Tische besetzt waren. Mittendrin wuselten eine kleine chinesische Frau und ein jüngeres chinesisches Mädchen herum und bedienten eilig die vielen Gäste. Die Frau, in der ich Chans Mutter wiedererkannte, kam freundlich auf uns zu, weil sie vermutlich davon ausging, wir würden einen Platz suchen. Doch noch bevor ich erklären konnte, wer ich war, erkannte sie ihren Irrtum und rief freudig: »Ah, you're Sid. The German boy?« Und als ich nickte, verschwand sie schon hinter dem Samtvorhang und ich hörte sie rufen: »Chan! Sid is here!«

Nur ein paar Sekunden später erschien er. Ein hochgewachsener, sehr schlanker junger Mann mit feinen Gesichtszügen, aber einem etwas undurchdringlichen Blick. Er hatte sich deutlich verändert und ich musste ehrlich staunen.

»Sid, my friend!« Chan umarmte mich. Auch er stellte fest, dass ich in den zwei Jahren ein gutes Stück größer und erwachsener geworden war. Dann fiel sein Blick auf Chiara. Sie stand direkt neben mir und ich konnte ein leicht erstauntes Aufblitzen in ihren Augen erkennen, das ich in diesem Moment noch nicht weiter ergründen wollte.

»And you're Chiara, diese hübsche italienische Mädchen, Sid hat mir erzählt.«

Chiara grinste etwas verlegen, mir war das Ganze doch etwas peinlich. Aber Chan ignorierte das. »Come on. Ich hole uns etwas Essen.«

Er kam schnell mit einer großen Tüte zurück, in der sich mehrere mit Alufolie verschlossene kleine Plastikbehälter befanden. »Here we are. Ich werde eine nette Ort für uns finden.«

Und so folgten wir Chan, der uns zielbewusst durch die Straßen führte, bis wir auf einem größeren Platz mit einer riesigen Markthalle landeten. Ringsherum Musiker und junge Menschen, die sich in Gruppen auf den Pflastersteinen niedergesetzt hatten. Es sah aus wie eine große Party mitten in der Stadt. Chiara rief erfreut »Covent Garden!« Wir fanden am Rande des Platzes freie Treppenstufen und ließen uns dort nieder. Chan packte vor uns die ganzen Schüsselchen aus. Es war eine bunte Mischung aus allem, was das Restaurant so zu bieten hatte. Gebratene Nudeln, Teigtaschen, frittierte Hähnchenstücke, Scampi, verschiedenes Gemüse und etliche Soßen. Chan drückte uns Essstäbchen in die Hände und forderte dazu auf, von allem zu nehmen. »Please, enjoy your meal.«

Chiara war schweigsamer als sonst. Das lag ganz sicher daran, dass sie genauso mit den Stäbchen kämpfen musste wie ich. Zudem folgte auch sie erstaunt und neugierig Chans Erzählungen über seine Berufspläne und Träume:

ein eigenes Hotel mit Restaurant in London. Aber sie ließ auch ihren Blick über den lebhaften Platz vor uns schweifen.

Es dämmerte allmählich, zahllose Lichter gingen an, die bunten Wimpelketten in den Straßen flatterten, Gelächter und Musik erfüllten die Luft.

Emilys Tagebuch

24.07.19 Wir sind gestern direkt morgens zum Strand gegangen. Ich habe Muscheln gesammelt. Zusammen mit einigen pakistanischen Mädchen, die trotz der Hitze Hidschabs und lange schwarze Kleider trugen, die ganz feucht und sandig unten waren.

Am Nachmittag bin ich zurück zum Campingplatz gelaufen, um mir ein neues Buch zu holen. Der Junge saß allein vor seinem Zelt und wärmte sich eine Dose mit Bohnen über einem kleinen Kocher auf. Als er mich sah, sprang er sofort auf, als hätte er etwas Verbotenes getan. Ich habe ihn auf Englisch angesprochen. Er hat auf Deutsch geantwortet! Mit starkem Akzent, aber doch verständlich. Sein Name ist Laith. Er sagt, er kommt aus Köln.

Heute Morgen war ich allein beim Supermarkt und habe Laith wieder getroffen. Er hat sich aus dem schon leicht verwelkten Gemüse etwas aus einer Kiste vor der Tür gesucht. Ich habe ihn gefragt, ob ich ihm Geld leihen soll. Zuerst wollte er das nicht. Dann sind wir zusammen in den Laden gegangen, haben eingekauft und sind noch gemeinsam durch den Ort gezogen. Wir haben uns dieses Mal länger unterhalten. Jetzt weiß ich, wie er hierhin gekommen ist. Es ist einfach zu unglaublich.

Ich überlege, wie ich ihm helfen kann.

Ich mag ihn.

6. Rooftop

Covent Garden hatte sich in ein einziges Lichtermeer verwandelt. Je dunkler es wurde, desto mehr schien sich der Platz zu füllen. Eine ganze Weile hörten wir einem jungen Gitarristen mit Rastalocken zu, der fantastisch spielte. Ich konnte es nicht ganz einordnen. Ein bisschen Folk, Punk und auch Rap. Interessante Mischung allemal. Er hatte ein begeistertes Publikum um sich geschart. »Das ist Jimmy«, sagte Chan. »He's really great.«

Wir erkundeten dann die große erleuchtete Markthalle und staunten über die vielen verschiedenen Restaurants und Läden. Letztere hatten aber zum Großteil bereits geschlossen.

»And now … Ihr seid doch nicht die typical tourists. Nur was essen, photographs. No, I can see that.« Chan blickte uns schelmisch an.

Chiara schien fast darauf gewartet zu haben. »Was schlägst du vor? Ich hätte Lust, was Verrücktes zu machen.«

»Ah, you want something crazy? Yes. Then come with me.«

Ohne einen blassen Schimmer zu haben, was er vorhatte, folgten wir ihm. Chiara witzelte: »Mal schauen, ob er wieder ein paar Masken für uns hat.«

Auch ich musste grinsen. War dann aber ebenfalls gespannt. Chan führte uns gerade mal zwei, drei Straßen weiter, blieb vor einem schmalen, etwas schäbigen Gebäude stehen und zog einen Schlüssel hervor. »Die Wohnung ist meine Freund Jusuf. Er ist in holidays. Ich kümmere mich um die cats. Just some stairs and ihr werdet den beste Blick haben.«

Ein paar Treppenstufen war leicht untertrieben. Das alte Gebäude hatte keinen Aufzug und so stiefelten wir ganze sechs Etagen nach oben. Chan schloss die einzige Tür auf dieser Etage auf und wir betraten eine winzige Wohnung. Zwei maunzende Katzen kamen uns entgegen.

»Oh, die Armen! Den ganzen Tag allein in einer kleinen Wohnung!« Chiara beugte sich hinunter, um die beiden zu streicheln.

»Well. It's better als in die Straßen von London spazieren zu gehen«, stellte Chan lapidar fest. Die Wohnung war reichlich chaotisch, erinnerte schwer an den Zustand meines Zimmers. Eine stattliche Sammlung alter Pizzakartons und leerer Bierdosen auf der kleinen Küchenzeile; ein ungemachtes Bett, die Möbel eine wilde Mischung aus alter Flohmarktware und Billigwarenhaus, ein kleiner Schreibtisch mit PC und Spielkonsole, daneben ein wüstes Durcheinander irgendwelcher Schulbücher, an den Wänden Poster von Manchester City.

»Jusuf geht ins College mit mich. Ist hier geboren. A real English boy, as you can see. Aber nun er ist in Saudi Arabia for three weeks. Besucht seine grandpa and seine family.«

»Allora, da müssen die Katzen aber ganz schön lange allein bleiben. Gut, dass du dich kümmerst.«

Chiara schaute sich um. Auch ich suchte noch nach dem von Chan versprochenen Ausblick, sah aber nur halbschräge kleine Fenster. Da ging Chan bereits auf eines zu, sperrte es auf, hielt sich am Fensterrahmen fest und schwang sich dann elegant durch die Öffnung. Er hockte sich vor die Luke und streckte Chiara seine Hand entgegen. »Come on, sweetheart.«

Chiara runzelte die Stirn und fragte etwas ungläubig: »Du möchtest, dass wir aufs Dach klettern?«

Chan grinste. »Yes, it's lovely. Du wirst sehen.«

So spontan und furchtlos Chiara immer war, auf ein Dach zu klettern schien ihr nicht auf Anhieb zu gefallen. Nach kurzem Zögern fasste sie Chans Hand und ließ sich aus dem Fenster ziehen, stieß dann einen Ausruf des Erstaunens aus. Ich folgte den beiden. Und so fanden wir uns auf einem Aluminiumdach wieder. Seitlich ein niedriges Geländer, tief unter uns die belebte Straße, um uns herum das gesamte erleuchtete Covent Garden unter einem sagenhaften Sternenhimmel. Das sah fantastisch aus. Chan wies auf eines der nächsten Dächer, auf dem man die dunklen Umrisse einer Terrasse erkennen konnte. »Nur ein paar steps. Und wir sind da. Look at this. Isn't it like paradise?«

Chiara, eben noch ganz begeistert von der tollen Sicht, starrte Chan entsetzt an. Über Dächer zu klettern war augenscheinlich nicht ganz ihr Ding. Mir ging es eigentlich ebenso, dennoch musste ich schmunzeln, da es normalerweise nur ich war, der so reagierte und Chiara stets diejenige, die die verrückten Vorschläge machte. »Es ist echt dunkel. Außerdem … das ist doch eine fremde Dachterrasse.«

Chan sah sie an: »No risk, no fun. Du wolltest something crazy. No problem. Die sind nie da.«

Ich räusperte mich. »Hm, Chan, ich weiß nicht …«

Chan grinste. »Come on. Sid. You'll see. It's wonderful.«

Ich zögerte, wandte mich an Chiara: »Komm, gib mir deine Hand. Wir versuchen es.« Auch Chiara wunderte sich wohl, dass plötzlich ich der Mutigere von uns beiden war.

»Mio Dio! Ich hoffe, ich bereue es nicht.«

Tatsächlich krochen wir eher auf allen vieren über die Dächer. Bei jedem Blick nach unten jammerte Chiara. Ein paar mal rutschte sie gefährlich ab, ich konnte sie aber zum Glück festhalten. Schließlich hatten wir es geschafft. Chan sprang leichtfüßig auf die etwas niedriger gelegene Terrasse, reichte uns die Hand und zog uns hinunter. Ich schaute mich um. Mehrere Loungesessel und Liegen standen dort, umgrenzt von einem breiten Betonrand mit hohen Pflanzen. An der Seite befand sich eine große Glastür, durch die man die Umrisse eines Wohnraums mit offener Küche erkennen konnte.

»Nicht schlecht«, staunte Chiara. »Wer wohnt hier?«

Chan zuckte mit den Achseln. »Ist so eine reiche businessman, kaum at home. Jusuf hat das entdeckt und wir hatten hier ein paar nette Abend.«

»Aber wir können uns nicht sicher sein, dass er nicht doch plötzlich kommt, oder?«

Chan zeigte aufs Dach. »Sobald Licht angeht in Wohnung, wir sind weg. No problem.«

Chiara sah zu den Dächern zurück und auch ich erinnerte mich, dass unsere Dachwanderung nicht ganz so schnell geklappt hatte.

»Coke, beer, wine?« Chan öffnete einen kleinen Kühlschrank, der in der geschützten Nische neben der Glastür stand.

»Also nach dieser Aktion hätte ich nichts gegen ein kühles Bier einzuwenden«, seufzte Chiara.

Ich stimmte ihr zu. »Okay. Ich auch nicht.«

Chan nahm drei Dosen aus dem Kühlschrank, warf sie

uns entgegen und wir nahmen nebeneinander auf den Liegen Platz. Ob es das Bier war oder der fantastische Sternenhimmel über uns, irgendwann entspannte ich mich. Auch Chiara schien es ähnlich zu gehen. Wir hatten allein schon an Chans lustigen Deutschsätzen unseren Spaß. Er erzählte von seinen Kumpels, vor allem von Jusuf, der wohl sein bester Freund war, von dem langweiligen berufsvorbereitenden College – »so boring, ihr wisst – aber leider nötig« – der Ausbildung als Koch, aber auch von seinen Hoffnungen, einmal der neue Jamie Oliver zu werden, nur eben auf Chinesisch. Er hätte nicht viel frei, doch diese Tage würde er gerade genießen.

Chiara interessierte sich auch für sein Heimatland China. »Welches Verhältnis haben deine Familie und du zu diesem Land? Ist es nicht sehr anders als Europa und auch England? Wie kommt man damit klar?«

»England is our home. Not China. Und ich denke, ich kann dort auch nicht leben. Sehr streng, viel Überwachung. Wir sind nur wie tourists. Nicht viel anders als ihr. Manches ist ganz gut … Economy, science, auch discipline …«

Ich musste lachen. »Disziplin. Chan, da bist du mir ja genau der Richtige!« Auch er musste lachen. »Ah … Sid, ich bin eine very disciplined cook!«

Als wir erzählten, dass wir am nächsten Tag ans Meer fahren wollten, fragte er uns, ob er mitkommen könnte. Er hätte ja eine Woche Zeit und nichts Großartiges vor. Chiara lachte: »Na, dort besteht wenigstens nicht die Gefahr, dass wir wieder über irgendwelche Höhen kraxeln müssen.«

Ich konterte. »Achtung, Chiara! Er könnte mit uns am Ende über die Kreidefelsen wandern wollen.«

»Du meinst so?« Dann sprang er auf die Brüstung der Terrasse und balancierte dort mit ausgebreiteten Armen. Fehlte nur noch, dass er »Ich bin der König der Welt« rief. Und – oh nein – er machte das tatsächlich! Chiara schrie und bog sich vor Lachen.

In dem Moment ging das Licht an.

»Merda! Der Typ kommt!«

Chan drehte sich um. »Shit!«

Chiara und ich sprangen auf. Doch blieb sie unvermittelt stehen. »Ich geh da nicht mehr rüber!«

Chan war bereits verschwunden. Ich blickte von Chiara zum Dach, dann zum hell erleuchteten Fenster, hinter dem man nun deutlich sich nähernde Personen erkennen und Stimmen hören konnte. Chiara warf die verräterischen leeren Bierdosen aufs Nachbardach, straffte ihre Schultern und raunte mir zu: »Das bekommen wir hin!«

Schon öffnete sich die Terrassentür. Ein Mann mittleren Alters schaute uns verdutzt an. Dahinter eine jüngere Frau.

Doch ehe er etwas sagen konnte, schoss Chiara eine Salve italienischer Schimpfworte ab und deutete in Zeichensprache an, dass wir über die Dächer gelaufen wären. »Scusi, we got lost!«

Und so zog Chiara mich hinter sich her, durch die geöffnete Tür und durchquerte den Raum. Alles hier war aus poliertem Stahl und Leder, sah schweineteuer aus und war wohl nicht unbedingt für den Durchgangsverkehr gedacht. Dann drehte sie sich nochmals vor einer Tür um. »Is this the exit?« Woraufhin sowohl der Mann als auch die Frau nur stumm nickten. Und schon waren wir aus der Wohnung. Mich immer noch an der Hand zerrend, rannte sie mit mir die Treppen hinunter, hielt erst draußen vor dem Haus an. Triumphierend drehte sich Chiara um und meinte nur: »Geht doch. Und ganz, ohne vom Dach zu fallen.«

Ich seufzte und gab ihr schließlich recht. Es war schon spät, und so machten wir uns auf unseren Rückweg zu Mr. Tory, nicht ohne Chan noch eine Nachricht zu schicken und für den Morgen ein Treffen in Kensington zu vereinbaren.

Mir wurde klar, dass ich am nächsten Tag gleich mit zwei Irren die Zeit verbringen würde. Das konnte ja heiter werden.

Emilys Tagebuch

26.07.19 Wir waren gestern Abend noch lange zusammen am Strand, haben auf dem noch warmen Sand gesessen, dem Sonnenuntergang über dem Meer zugeschaut, bis er im Horizont orangerot versunken ist und dem Wellenrauschen zugehört. Das war so schön! Laith hat mir dann noch mehr erzählt. Er wartet auf seine Schwester, die es ebenfalls nach England versuchen möchte. Über den Ärmelkanal. Das ist unmöglich, habe ich ihm gesagt. Die fangen alle ab und wenn nicht, ist es lebensgefährlich. Laith war clever. Doch jetzt hat er Angst. Ihm ist klar, dass das, was er gemacht hat, nicht richtig war. Und jetzt weiß er nicht, was er machen soll. Er wird sich nicht ewig verstecken und warten können. Sarah und Nele haben heute gesagt, sie wollen bald weiterfahren. Ich will aber nicht. Sie haben mich wegen Laith ausgefragt. Vor allem Sarah war sauer. Ich bin dann einfach zu Laith und wir sind um die Häuser gezogen. Seine Schwester hat sich immer noch nicht gemeldet. Auch macht er sich große Sorgen um seine Eltern. Ich habe ihm vorgeschlagen, nach London zu fahren.

In seinem Zelt ist noch Licht. Ich werde mit ihm sprechen.

7. Camber Sands

Samstag, 27.07.19

Der Himmel war bereits am Morgen strahlend blau und es versprach, ein herrlicher Tag zu werden. Chan kam zeitig und staunte nicht schlecht, als er Torys Villa sah. Matthew gab uns Badehandtücher und eine Strandmuschel. Waters fuhr uns zum Bahnhof St. Pancras. Mit zwei Zwischenstopps in Ashford und Rye könnten wir innerhalb von zwei Stunden bei Camber Sands sein. Der Zug war wie erwartet voll, sodass wir anfangs keine Sitzplätze bekamen. Interessiert betrachtete ich die zunehmend kleinstädtischere Gegend. Winzige Reihenhäuser mit rotbraunen Dächern, Giebeln und Erkern blickten uns auf der gegenüberliegenden Seite der Bahnstrecke entgegen.

In Rye stiegen wir aus und suchten nach der Busverbindung nach Camber Sands, die uns Waters genannt hatte.

Kreischende Möwen und salzige Meeresluft empfingen uns, als wir knapp zehn Minuten später ankamen. Wir stapften mit unseren Badetaschen mühsam den steilen Dünenhang hinauf. Chiara zog sich ihre Turnschuhe aus, eilte barfuß den Hang weiter hoch und blieb dann stehen. »Bellissima! Kommt, das ist traumhaft!«

Oben angekommen eröffnete sich mir ein atemberaubender Blick. Links und rechts die leuchtend grünen Dünensträucher, in der Mitte der Sandweg, der zu einem hellen, breiten und lang gestreckten Strand hinunterführte, auf dem sich bunte Sonnenschirme, Strandmuscheln, Strandlaken und zahlreiche Badegäste tummelten. Am Horizont zeigte sich das türkisgrüne Meer mit kleinen weißen Schaumkronen, überdacht von einem blauen Himmel mit nur leichten Federwolken.

»Wow, das ist besser, als ich gedacht hatte.«

Auch Chan war überrascht. »Not bad.«

Wir entschieden uns für einen Platz in der Nähe des Ufers und breiteten die Laken aus. Chiara zog sich eilig Shorts und T-Shirt aus und lief im nächsten Augenblick im Badeanzug zum Meer, um sich sofort in die Wellen zu stürzen. Chan sah ihr hinterher. »Sie ist eine spontane Person, isn't she?«

Ich musste lächeln. »Ja, das kann man so sagen.«

Chiara war weit hinausgeschwommen, winkte mir aber begeistert zu. Ich folgte ihr, sprang ins Wasser und schließlich schaffte ich es, sie einzuholen. »Ist das nicht herrlich?«, rief sie.

»Absolut!«

Als wir wieder den Strand erreichten, fanden wir Chan im Gespräch mit drei Mädchen.

Zwei waren ganz okay, langhaarig, schlank, die Dritte etwas unscheinbarer, blond, blass und schmal.

»Mein Lieber, kaum lässt man dich alleine …«

Chan lachte. »Sid, diese Mädchen sind from Germany. Hamburg. Sarah Paul, Nele Manz and – sorry …?«

»Emily«, antwortete das blasse, schüchtern wirkende Mädchen.

Chiara setzte sich auf ihr Handtuch und verfolgte das Gespräch neugierig. »Hamburg? Da wohnt meine Mutter.« Wir erfuhren, dass die drei schon seit vier Tagen in Camber waren. Sie zelteten auf dem nahe gelegenen Campingplatz. Eigentlich wollten sie demnächst weiterfahren, um noch mehr von England zu sehen, waren sich aber wohl nicht ganz einig deswegen. Diese Emily war sehr schweigsam und zog es vor zu lesen. Sarah sah etwas spöttisch zu ihr und meinte dann nur: »Emily denkt nur noch an Laith und will deshalb auch hierbleiben.«

Das Mädchen namens Nele ergänzte: »Oder mit ihm zusammen ihre Interrailtour fortsetzen und nach Stonehenge fahren, um dort um die Steine zu tanzen.« Nele und Sarah lachten wieder.

»Allora, wer ist Laith?«

»Ein geheimnisvoller Fremder«, kicherte Nele.

»Was heißt das?«, wollte Chiara wissen.

»Na, wissen wir nicht. Sie will es uns nicht sagen. Er ist so ein junger Araber oder Pakistani oder so und zeltet genau wie wir am Campingplatz. Ganz allein. Und es sieht irgendwie nicht wie Urlaub aus.«

Emily zeigte sich weniger begeistert von den Worten Sarahs und zischte: »Sei still!«

Kurze Zeit später verabschiedete sich Emily hastig. Ich fand es seltsam, wie die drei miteinander umgingen. Wenn sie so ihre Interrailtour fortsetzen wollten, würde es schwierig werden.

Um den Achtzehn-Uhr-Bus und auch den Zug nicht zu verpassen, packten wir unsere Sachen zusammen und verabschiedeten uns von den Mädchen. Als wir an der Haltestelle warteten, stieß mich Chiara an. »Schau mal. Das ist doch Emily. Und das könnte dieser Laith sein.«

Ich drehte mich um. Tatsächlich! Emily saß dicht neben einem Jungen auf einer Bank und war offensichtlich vertieft in ein Gespräch mit ihm. Interessant. Auch Chan hatte die beiden gesehen, pfiff durch die Zähne und meinte dann allerdings: »Stupid little girl. I wouldn't trust him.«

»Warum nicht? Nur weil er ein Araber oder so ist?« fragte

Chiara empört.

Chan sah sie ernst an. »There are a lot of bad guys. Würdest du wirklich mit ganz fremde Jungen mitgehen?«

»Ich bin mit Sid auf eine halbe Weltreise gegangen, obwohl ich ihn damals erst ein paar Tage kannte.«

»Okay Sid. Yes, he is *really* dangerous!«, lachte Chan.

Ich wollte zuerst mitlachen, wusste aber nicht so recht, ob ich das konnte. Ein bisschen ärgerte ich mich über Chan. Machte er sich über mich lustig? Der Bus kam und ich wurde aus meinen Gedanken gerissen. Nur knapp erreichten wir den Zug, und die weitere Fahrt über hatte sich Chiara dann zur Aufgabe gemacht, Chan besseres Deutsch beizubringen. Ich war gespannt, wann er das erste Mal »Allora« sagen würde.

8. La Mer

»Mister Tory is already awaiting you.«

Matthew führte Chiara und mich durch die weit aufgesperrten Glastüren des Esszimmers auf die großzügige Terrasse, die umgeben war von einem riesigen Park. Hohe alte Bäume, Rhododendronbüsche, blühende Rosensträucher. Ein Rasen, der sogar in der Abenddämmerung noch so grün leuchtete, wie es wohl nur englische Rasen konnten, und der anscheinend durch regelmäßige Wässerung bis jetzt auch die Hitze unbeschadet überstanden hatte. Mehrere gläserne Kugelleuchten, die auf dem Grün verteilt waren, setzten Lichtpunkte. Auf der Terrasse erwartete uns ein langer, mit weißer Decke, Kerzen, Gläsern und Tellern festlich gedeckter Tisch.

»Ooohhh. Mega!«

Am Kopfende saß Tory in seinem Rollstuhl, an diesem Tag im hellen Sommeranzug, mit dunkelgrüner Fliege. Er sah besser aus als am Vortag und aus seinen blauen Augen strahlte erkennbar Freude.

»Ich kann Ihnen ansehen, dass Sie einen schönen Tag am Meer hatten. Sie haben ordentlich Farbe bekommen.«

Erst jetzt sah ich, dass Chiara irgendwie noch mehr Sommersprossen und ihre Haut sich etwas ihrer Haarfarbe angepasst hatte. Da erklärte sie: »Ich bin nicht nur rot geworden, sondern auch gelb an den Füßen. Das muss von den vielen Cheese- und Vinegar-Chipstüten am Strand kommen.«

Das fand ich leicht irritierend, aber auch lustig, dass sie von ihren Füßen sprach, während wir hier im feinsten Bezirk mit dem vornehmen Mr. Tory saßen. Aber Chiara war kein Mensch, der großartig auf Konventionen achtete, soviel war klar. Tatsächlich war der Sand irgendwie gelblich gewesen und auch ich hatte überlegt, woher das kam. Die Menge an kleinen, teilweise in den Dünen umherfliegenden Chipstüten war auch nicht zu übersehen gewesen, ob sie einen Einfluss auf den Sand hatten, wagte ich dennoch zu bezweifeln.

Tory lächelte aber nur. »Ja, ja, diese Unsitte mit den Chips … dass die auch noch den Strand einfärben, ist betrüblich … und es ist wirklich kaum zu glauben, dass eine Italienerin in England einen Sonnenbrand bekommt … So, ich hoffe, Sie haben etwas Hunger?«

»Mio Dio. Ich könnte einen Bären verschlingen. Und zwar jetzt sofort.«

Tory wandte sich zu Matthew, der mit diskreter Zurückhaltung einige Meter entfernt etwas gewartet hatte, und sagte ganz trocken: »Matthew, dann bringen Sie doch bitte den Bären.«

Ich musste kichern. Chiara sah etwas verdutzt aus, sie musste dann aber auch grinsen. Tory hatte an seiner Seite einen Weinkühler stehen und deutete darauf. »Wir sind nicht in der Toskana, aber Sie werden es nicht glauben, es gibt tatsächlich englische Weine, die sich trinken lassen. Dieser hier ist sogar ganz aus der benachbarten Grafschaft Kent.«

Tory schenkte Chiara ein. Sie nippte vorsichtig und nickte anerkennend mit dem Kopf. »Si, wirklich sehr gut.«

Matthew erklärte uns höflich, was die Küche bereithielt. »Frozen cucumbersoup, lamb with mint sauce and jacket potatoes. And finally apple crumble.«

»Minzsoße? Das klingt interessant …« Chiara sah skeptisch aus. Mr. Tory wirkte wieder leicht amüsiert. »Das ist typisch englisch. Probieren Sie es.«

Wenn ich diesen Abend mit dem in Marrakesch und in Berlin verglich, war die gesamte Atmosphäre noch viel entspannter und es war tatsächlich so, als würden wir Tory schon ewig kennen. Der alte Mann zeigte sich so ausgelassen, dass man seine unglaublichen fünfundneunzig Jahre kaum mehr merkte. Zudem hatte er seinen Plattenspieler nach draußen stellen lassen und Matthew legte für uns zusätzlich eine Wunschplatte nach der anderen auf. Das war eine interessante Mischung aus ganz Altem und Neuem.

Während des Essens bot sich endlich die Gelegenheit, etwas mehr von Torys Leben in England zu erfahren.

»Mit was genau haben Sie eigentlich Geschäfte gemacht?«, fragte Chiara ihn geradeheraus.

Tory schaute sie etwas verschmitzt an und sagte trocken: »Mit Dosensuppen und Baked Beans.«

»Non è vero!«

»Ja, klingt sehr banal, ich weiß. Ich hätte jetzt auch lieber gesagt, mit Kunstgemälden und Literatur. Aber nun gut, es ist weiter nichts Verwerfliches dran. Apropos Kultur. Sid, ich musste Ihrer Mutter ja ein Versprechen geben. Wie sieht es denn mit Ihnen beiden aus? Hätten Sie morgen Abend Zeit?«

Chiara sah Tory erstaunt an. »Gern, an was dachten Sie denn?«

»Wenn Sie nichts gegen Überraschungen haben, ich müsste da noch etwas organisieren.«

»Certo, ich liebe Überraschungen.«

Auch ich nickte, wenngleich ich schon wirklich gespannt war, was genau er plante. Chiara war wie immer sehr neugierig und wollte noch etwas mehr hören: »Schicken Sie uns wieder auf eine Reise?«

»Nein, nicht direkt. Das meine ich diesmal nicht.«

»Ihre vielen Reisen – waren die eigentlich immer rein beruflich?«, fragte ich.

»Nein, viele waren zwar auch geschäftlich, aber das Interesse an anderen Ländern war oft auch privater Natur. Neben allem anderen wollte ich Ihnen, mein lieber Sid, ebenso die Freude am Reisen vermitteln.«

»Das ist Ihnen gelungen.«

Tory blickte uns beide an. »Reisen können weitaus mehr sein als nur Urlaub, Sightseeing und Zerstreuung. Sie bedeuten Freiheit, sie können den Horizont erweitern, den Blick für andere Menschen, Lebensweisen und Ansichten öffnen. Man kann sich selbst, sein eigenes Land, sein Leben damit anders betrachten. Mal kritischer, mal dankbarer. Je nachdem. Wenn man offen ist und bereit, auch mal genauer hinzuschauen und mit den Menschen in Kontakt zu treten. Sie haben das jeweils gemacht. Das hat mich bisher immer gefreut.«

Ich musste über seine Worte nachdenken. Da war viel Wahres dran. Allerdings waren wir in den beiden Vorjahren auch deswegen so intensiv mit anderen in Kontakt getreten, weil wir ein konkretes Ziel hatten, etwas herausfinden wollten. Diesmal sollten wir nach der Freiheit suchen, prüfen, ob wir sie finden. Schwieriger Auftrag.

Als wir auch das Dessert genossen hatten, rief Tory Matthew erneut. »Mein Lieber, suchen Sie doch einmal Charles Trénet heraus.«

Matthew beeilte sich, brachte eine alte zerschlissene Plattenhülle, zog die LP vorsichtig heraus und legte sie auf den Plattenteller. Tory erklärte: »Ich denke, das passt zu Ihrem Tag. Auch wenn es französisch ist. Aber Sie haben sich ja heute gewissermaßen mit den Franzosen das Meer geteilt. Und wenn ich eins in all den Jahrzehnten geliebt habe, egal wo, dann war es für mich das Meer. Es bedeutet für mich Freiheit. Allein wenn man zum Horizont sieht …« Nach diesen Worten Torys hörten wir ein leichtes Knistern, Harfenklänge und dann tönten mit sonorer Stimme die Worte »La Mer« von der alten Schallplatte. Es klang wie ganz alte Filmmusik. Chiara lauschte kurz, rief begeistert »Oh wie schön!«, und ehe ich es überhaupt bemerkte, nahm sie meine Hände und wir wirbelten auf der Terrasse herum. Chiara sang immer wieder mit bemüht tiefer Stimme die Zeile »La Mer« mit, während Tory dasaß und mit einem Lächeln unserem Tanz folgte.

Chiara wollte es anschließend nochmals hören und schwebte dann allein zur Musik barfuß mit ihren Vinegarchips-Füßen – dieser Gedanke ließ mich nochmals schmunzeln – über die Steinfliesen und den Rasen. Ich hatte mich mittlerweile wieder gesetzt. Tory und ich blieben ganz still und sahen zu.

Es gibt so Momente, die bleiben, die vergisst man nicht. Ich bin mir ganz sicher, dieser Abend gehörte dazu.

Emilys Tagebuch

27. 07.19 Heute am späten Abend hatte ich einen Riesenkrach mit Sarah und Nele. Sie wollen weiterfahren. Ich fand es unmöglich, dass sie mit diesen drei Deutschen am Strand über Laith gesprochen haben. Sie wiederum fanden es bescheuert, dass ich mit Laith noch lange weg war. Tatsächlich gab es Stress mit so ein paar Idioten, die Laith voll angemacht haben. Aber das habe ich natürlich nicht erzählt. Wäre ja sonst ein gefundenes Fressen für sie gewesen. Wobei Sarah heute morgen genau mit so einem fiesem Typen rumgeschäkert hat, bevor dann dieser Chan kam. Die lässt sich echt auf jeden ein. Aber mich dann kritisieren!

Jetzt sind wir hier im Zelt, das eigentlich viel zu eng ist für uns drei. Ich werde zu Laith rübergehen. Und morgen … ich will hier bleiben oder mit ihm nach London fahren.

9. Ophelia

Sonntag, 28.07.19

Trotz der Hitze wollte Chiara an diesem Tag nicht an den Strand, sondern unbedingt mehr von London sehen.

Wir gaben Chan Bescheid, der zwar etwas enttäuscht war, aber Verständnis hatte. Er bot sich uns als Stadtführer an, doch war er schließlich auch wegen der tropischen Temperaturen nicht ganz böse drum, dass wir die Stadttour allein machen wollten.

Beim Frühstück wartete auf uns die bereits von Tory angekündigte Überraschung. Wie damals vor zwei Jahren lag wieder ein Briefkouvert neben dem Frühstücksgeschirr, doch diesmal nicht nur für mich, sondern auch für Chiara. Neugierig öffnete sie als erstes ihren Umschlag und rief erstaunt: »Oh, eine Karte für eine Premiere! Eine Neuinszenierung von Hamlet im National Theatre. Das ist ja der Hammer.«

Ich muss zugeben, ich war auch beeindruckt. Obwohl ich sonst nicht wirklich so der Theaterbegeisterte war. Zuletzt war ich in so einem grottenlangweiligen Stück, das wir mit der Schule besucht hatten – das hier aber fand ich schon nicht ganz schlecht. Doch – meine Güte – eine Premiere – und dann im größten Theater Londons – und noch heute. Etwas sorgenvoll besah ich uns, die wir verstrubbelt und in Shorts und T-Shirts am Frühstückstisch saßen. Aber da zog Chiara noch einen weiteren kleinen Zettel heraus und las mir vor.

Liebe Chiara, lieber Sid,

ich habe mir erlaubt, für die passende Garderobe zu sorgen. Sie finden sie oben bei Ihren Zimmern. Sofern die Überraschung Ihnen recht ist, wäre es mir eine Freude, Sie heute zusammen mit Matthew ins Theater zu begleiten. Geben Sie mir kurz Nachricht, ob Ihnen meine kleine Idee angenehm ist.

Es grüßt Ihr Mr. Tory

»Mio Dio. Jetzt bin ich aber mal gespannt.« Chiara, die sowieso nie viel frühstückte, eilte zu Ihrem Zimmer und ich hörte unmittelbar einen Ausruf des Erstaunens, dann lief sie zu mir und zeigte, was Tory bereitgelegt hatte. An einem schwarzen langen Kleid heftete ein Zettel:

Es scheint ihre Lieblingsfarbe zu sein. Ich hoffe, es gefällt Ihnen und ist Ihnen nicht zu old fashioned.

Auch an meiner Zimmertür hatte Matthew eine schwarze Hose und ein schwarzes Hemd hingehängt.

»Wow, sieht wirklich okay aus.«

Chiara probierte ihr Kleid direkt an. Es stand ihr richtig gut. Kein bisschen old fashioned. Sie sah immer noch aus wie Chiara, nur im schwarzen Galalook. Auch sie war zufrieden. Ich schlug vor: »Na dann, lass uns mal unsere Londontour antreten, damit wir rechtzeitig zurück sind.«

Bevor wir uns aufmachten, gingen wir zu Tory, um uns für die Karten und die Garderobe zu bedanken und ihm zu versichern, dass wir zeitig von unserer Besichtigungstour zurückkehren würden.

Wir entschieden uns für ein reines Outdoorprogramm, machten eine Rundfahrt mit einem der roten Doppeldeckerbusse und besuchten ein paar der Parks, die schön schattig waren, versäumten aber auch nicht, uns an den Brunnen vom Piccadilly Circus zu setzen und dort grinsende Selfies zu machen. Spontan musste ich an unser erstes Bild in Campeto vor zwei Jahren denken, das immer noch zu Hause an meiner Pinnwand hing. Ich ließ den tosenden Verkehr und die Touristenmassen auf mich wirken, die riesige leuchtende und beständig wechselnde Reklame. Wie anders das hier doch war. Mehr Kontrastprogramm zu dem winzigen Campeto, das gerade einmal rund zweihundert Einwohner hatte, ging kaum. Später stöberte ich zusammen mit Chiara auch durch mehrere Plattenläden. Sie war von London begeistert und auch ich, der vor zwei Jahren nur wenig gesehen hatte, musste zugeben, diese Stadt war wirklich cool.

Rechtzeitig zum späten Nachmittag kehrten wir wieder nach Kensington zurück.

Zusammen mit Tory und Matthew betraten wir das riesige Theater. Tory wurde von Matthew im Rollstuhl geschoben. Im Foyer tummelten sich zumindest gefühlt die oberen Zehntausend von England und ich bekam doch kurzfristig etwas Beklemmungen, die Mr. Tory jedoch zerstreute: »Natürlich sind solche Events auch immer ein Jahrmarkt der Eitelkeiten und ein Sehen und Gesehenwerden, und so manche Prominenz mag heute hier auch dabei sein, aber glauben Sie mir, sobald es dunkel wird und der Vorhang aufgeht, sind sie alle auch nur Zuschauer wie Sie und ich.«

Wir nahmen unsere Plätze ein, was für Mr. Tory doch etwas beschwerlich war, und tatsächlich nicht ohne die Hilfe von Matthew ging. Tory fragte uns, was wir denn über Hamlet wussten. Das war bei uns beiden etwas dürftig. Aber er meinte nur: »Das ist gar nicht schlimm, dann schauen Sie sich das Ganze eben völlig vorurteilsfrei an.«

Und so lehnten wir uns in unseren Sitzen zurück und traten ein in die Welt des Prinzen von Dänemark, zu Hass, Intrigen und Tragik. Ich schaute zwischendurch immer wieder zu Chiara, die teilweise mit offenem Mund dem Ganzen folgte oder sich auf die Lippe biss. Ich fand das wie schon so oft irgendwie faszinierend und auch liebenswert. Einerseits konnte sie megacool und taff sein und dann kam sie mir manchmal wieder ganz jung und gar nicht mehr vier Jahre älter vor als ich.

Es war eine sehr moderne Inszenierung. Wenig Bühnenschmuck. Aber beeindruckende Kostüme. Hamlet war ein arabisch aussehender Mann. Interessant. Ganz sicher war das nicht so im Original.

Nachdem die Vorstellung schließlich zu Ende war und Waters uns abholte, fragte uns Tory, wie es uns gefallen hätte. Chiara war begeistert und sie gab etwas beschämt zu, dass sie zuletzt vor gut elf oder zwölf Jahren in irgendeinem Weihnachtsmärchen in Hamburg war, in Italien dagegen noch nie im Theater gewesen wäre. »In Campeto gibt es so etwas nicht.« Woraufhin Tory lächelnd antwortete: »Meine Liebe, dann sind Sie natürlich entschuldigt.«

Chiara hatte tatsächlich das Bedürfnis, sich über das Stück auszutauschen. »Also, neben Hamlet die tragischste Figur ist ja diese Ophelia. Ich fasse es immer noch nicht, den Tod wählen, nur weil sie sich mit dem falschen Typen eingelassen hat. Und dann noch ins Wasser gehen … unvorstellbar.«

Ich gab ihr recht. »Mich hat Hamlets Wankelmütigkeit genervt. Aber Ophelia tat mir auch am meisten leid.«

Tory nickte. »Sie spielt nur eine Nebenrolle im Stück. Aber dieses Motiv der Ophelia, der Tod im Wasser, ist sehr beliebt in der Kunst und Literatur. Es hat so etwas Morbides und damit irgendwie wohl auch wieder Anziehendes.«

Als wir wieder zurück auf unseren Zimmern waren, hörte ich noch Musik, suchte nach Stücken, die dieses Thema der Ertrunkenen aufgriffen und fand so einiges. Eigenartig, wie etwas so Schreckliches so schön dargestellt werden konnte.

Dann schlief ich ein.

10. Wellen

Montag, 29.07.19

Am Folgetag machten wir uns wieder zusammen mit Chan auf nach Camber, trafen auch die Mädchen vom Campingplatz wieder. Emily war nicht mit dabei.

Abends zogen wir zu dritt durch London. Diesmal ohne auf Dächer zu klettern. Wir sahen Westminster und Big Ben, angestrahlt im Dunkeln und damit besonders faszinierend, und drehten eine Runde mit dem London Eye, hatten dabei einen Wahnsinnsblick über das erleuchtete London.

»Von hier oben sieht es schon toll aus. Ich frage mich, wie es wäre, hier zu leben. Es ist auf jeden Fall ein Riesenunterschied zu Campeto«, meinte Chiara.

»For me it's different. Ich habe nie in eine so kleine Ort gelebt. And I cannot imagine that.«

Ich erinnerte mich an Campeto und versuchte das für Chan in Worte zu fassen: »Es ist wirklich winzig, aber wunderschön. Ich war selbst ja immer nur kurz da, aber ich kann Chiara verstehen, dass sie sich dort wohlfühlt. Ich kann es nicht beschreiben, aber man fühlt sich geborgen. Es ist wirklich das genaue Gegenteil von dem hier. Jeder kennt jeden, die ganze Verwandtschaft ist nah. Manchmal war ich ein bisschen neidisch.«

Chiara lächelte. »Das hast du sehr gut beschrieben. Ja. So ist es. Natürlich fehlen all die Möglichkeiten, die man hier hat, dafür muss man dann schon nach Pisa oder Florenz fahren. Und klar, das kann man nicht jeden Tag. Ich finde beides schön. Diese großen Städte, aber auch eben Orte wie Campeto. Mehr Geborgenheit findet man ganz sicher in einem kleinen Ort. Allerdings auch nur, wenn man dort nicht allein ist.«

Chan gab zu, dass für ihn eher das Großstadtleben etwas wäre, vermutlich auch, weil er es nicht anders gewohnt war. Auch ich konnte mir Chan nicht so gut in in einem Dorf vorstellen. Warum genau, wusste ich nicht.

Es wurde spät an dem lauen Sommerabend in London. Eine Weile saßen wir noch direkt an der Themse und schauten auf die vorbeiziehenden Schiffe. Schließlich brachen wir auf, um die U-Bahn nach Kensington zu bekommen und verabredeten uns mit Chan wieder für den kommenden Tag.

Dienstag, 30.07.19

Am Dienstag planten wir erstmals von Torys Angebot Gebrauch zu machen und in seinem Ferienhaus in

Rye zu übernachten und ließen uns den Schlüssel und die Adresse geben. Laut Wettervorhersage sollte es vorerst der letzte richtig warme Tag werden. Danach könnten etwas englischere Temperaturen zurückkehren.

Etwas später als an den Vortagen traten wir unsere Fahrt mit Chan zusammen an, der auf wundersame Weise, anders als wir, seine vornehme Blässe behalten hatte. Als wir am Strand ankamen, konnte man schon von Weitem den hohen Wellengang sehen.

»Allora, hätte ich in diesem Planschbecken von Ärmelkanal gar nicht erwartet.«

Es war auch deutlich windiger als an den Vortagen. Am Strand wehte die rote Flagge.

»Merda. Was heißt das? Dass man nicht reingehen kann?«

Ich nickte. »Hm. Sieht so aus.«

Chiara sah einigermaßen enttäuscht aus. Und ich erkannte, dass sie sich damit nicht abfinden würde. Wir packten unsere Strandsachen aus und bauten diesmal die Strandmuschel als Wind- und Sonnenschutz auf. Chan schlug eine Partie Skat vor. Auch wenn wir aufpassen mussten, dass uns die Karten nicht wegflogen. So verbrachten wir auf diese Weise den späten Vormittag. Ich hielt Ausschau nach den Mädchen, konnte sie aber nirgendwo entdecken. Vor dem Hintergrund des rauschenden glitzernden Meeres standen zwei ältere Männer mit schwarzer Tunika, Kopfbedeckung und Pluderhosen und unterhielten sich angeregt. Das Bild hatte so etwas Intensives, Direktes. Ich kann nicht genauso sagen warum, aber ich hätte zu gern gewusst, worüber sie sprachen.

Als Chiara einen Badegast entdeckte, der sich doch etwas ins Wasser traute, überlegte sie: »Ach, also ein bisschen mit den Füßen planschen wird wohl nicht schaden.« Bevor wir etwas entgegnen konnten, lief sie bereits ans Ufer. Chan sah mich an, grinste und sagte ausnahmsweise einen vollständig richtigen deutschen Satz: »Sie macht, was sie will.«

Ich nickte und sah Chiara dabei zu, wie sie am Wasser entlang ging und die Füße in die herannahenden Wellen tauchte.

»Ja, manchmal ist das etwas anstrengend. Ich mag sie trotzdem.«

Chan legte den Kopf etwas schräg und sah mich dann leicht schelmisch an. »I know. Aber irgendwie läuft dafür echt nothing zwischen euch, wenn you're not interested, sie gefällt mir auch …«

Ich merkte, wie ich unter meinem noch vorhandenen Sonnenbrand heißer wurde. Was sollte ich darauf antworten?

Also grummelte ich nur irgendetwas vor mich hin und schwieg ansonsten.

Als wir wieder aufsahen, war Chiara bereits mitten in den Wellen, wie es aussah, mit großem Vergnügen. Ich blickte mich um. Zwar war die Flagge gehisst, eine Küstenwacht aber nicht zu sehen. Warum auch? Der Strand war fast leer. Chiara schien eine gute Schwimmerin zu sein, das mit der Flagge bestimmt nur eine Vorsichtsmaßnahme. Chan und ich begannen eine neue Kartenrunde zu zweit. Kurze Zeit später konnte ich Chiara nicht mehr entdecken.

»Wo ist sie?«

Auch Chan blickte auf, spähte ebenfalls zum Wasser und zuckte mit den Schultern. »I can't see her … aber das sind ganz schön hohe Wellen …« Wir sahen uns an, ein paar Sekunden später kam die Erkenntnis, dann sprangen wir unvermittelt auf. Chan schnappte sich das kleine Surfbrett, das uns Matthew morgens noch mitgegeben hatte. Ich begriff und sah mich hastig um, zog dann die lange Kordel ab, die an der Strandmuschel befestigt war, wickelte sie mir um den Arm. Ohne miteinander zu sprechen, rannten wir los und sprangen ins Wasser. Es war viel kälter als gestern und die Strömung ungeheuer stark. Die Wellen klatschten mir brutal entgegen und es war äußerst schwer, vorwärtszukommen. Ein gutes Stück weiter hinten erkannte ich endlich den nassen Haarschopf Chiaras, der in unregelmäßigen Abständen von den Wellen freigegeben wurde und dann immer wieder verschwand.

Mein Gott! Chiara!

Ich kämpfte mich verzweifelt vorwärts, doch es war, als würde ich gegen eine Betonwand rennen. Immer wieder verschluckten auch mich die Wellen, mir fehlte die Sicht. Als ich sie endlich wiederentdeckte, und auch Chan es an meine Seite schaffte, befestigten wir die Schnur an dem Griff des kleinen Surfbretts, was schwierig genug war. Dann warf ich es ihr zu. Chiara packte es, rutschte jedoch ab und wurde erneut von einer Welle fortgerissen. Chan holte auf, schnappte sich das Brett, schwamm ihr entgegen. Nach mehreren Anläufen gelang es ihm schließlich, es Chiara so zuzuwerfen, dass sie es festhalten konnte. Er band sich die Kordel um sein Handgelenk, zog Chiara schwimmend hinter sich her und wir suchten nun alle gemeinsam den beschwerlichen Weg durch die Wellen zurück an Land. Mittlerweile war dort auch ein Rettungsschwimmer. Wo auch immer er hergekommen war, es spielte jetzt keine Rolle mehr. Er machte sich gerade dazu bereit, uns entgegen zu schwimmen. Ich erinnere mich nicht mehr genau an Einzelheiten, aber er warf auch uns einen Rettungsring zu.

Irgendwann lagen wir alle völlig erschöpft und japsend auf dem nassen Sand. Chiara hustete entsetzlich und spuckte Wasser aus. Auch mir schlug das Herz so schnell wie vermutlich schon lange nicht mehr. Der Rettungsschwimmer sah reichlich ernst aus, zeigte auf die rote Fahne: »You should never think, this is a joke. You were lucky I was here.« (1)

Obwohl Chan und mich keine Schuld trafen, schauten auch wir betroffen drein. Chiara brachte nur zwischen ihren Hustenattacken »Scusi, scusi« hervor. Irgendwann hatten wir uns so weit erholt, dass wir es schafften, wieder zu unserem Platz am Strand zu gehen.

Die nächste halbe Stunde verbrachten wir schweigend miteinander. Ich fühlte mich, als hätte ich aus dem Stand heraus an einem Marathonlauf teilgenommen, was vermutlich auch keine besonders gute Idee gewesen wäre, aber weitaus weniger gefährlich im Vergleich zu dieser Aktion hier. Chiara lag eine ganze Weile wortlos auf ihrem Strandlaken. Irgendwann sagte sie leise: »Ich dachte wirklich, ich würde sterben. Danke … euch beiden.«

Chiara. Sterben. Das waren Worte, die nicht passten. Entsetzliche Worte. Ich betrachtete sie nachdenklich. Und dann musste ich unvermittelt ihre Hand nehmen und spürte ihren leichten Händedruck wie ein leises Dankeschön.

Chan lachte nur: »No risk no fun, sweetheart. Unfortunately, this time it was more risk than fun.«

Chiara lächelte leicht schräg, setzte sich dann auf.

»Mio Dio, was erzähle ich bloß meinem Vater? Ich bin gleich in den ersten Tagen beinahe vom Dach gefallen und ertrunken. Aber sonst ist es lustig hier.«

Daraufhin mussten wir alle drei lachen. »Ich lade euch ein. Gehen wir zu die schöne Restaurant da hinten und trinken a hot cup of tea.« Chiara und auch ich stimmten Chan zu.

Gute Idee.

Genauso wie der Strand war auch der Imbiss relativ leer. Der Begriff »schönes Restaurant« traf nicht im geringsten zu. Billige Plastiktische und -stühle. Die meisten Plätze waren unbesetzt, nur ein paar komische Typen lungerten in einer Ecke herum. So siebzehn Jahre alt, vielleicht auch etwas jünger. Sie tranken Bier und machten den Eindruck, als wüssten sie nicht viel mit sich anzufangen. Offensichtlich keine Touristen, eher Einheimische. Das Essensangebot war auch nicht der Hit. Fettige Pommes, Pizza und Hamburger in allen Variationen. Ein riesiger Stand mit Chips. Doch uns war das in diesem Moment völlig egal. Chan bestellte uns allen dreien nur Tee und wir setzten uns damit hinaus auf die Terrasse in die Sonne.

Wir sprachen zuerst nicht viel miteinander. Chan versuchte es dann mit ein paar lockeren Witzen, die aber alle nicht so recht ankamen, Chiara schlürfte gedankenverloren ihren Tee, ich versuchte diese Vorstellung aus dem Kopf zu bekommen, dass da vor kurzem um ein Haar etwas Entsetzliches passiert wäre.

Da betrat Nele die Terrasse. Sarah und Emily fehlten. Sie sah uns nicht und setzte sich einige Meter entfernt an einen der Tische. Selbst auf die Entfernung konnte man erkennen, dass irgendetwas nicht stimmte. Sie sah nervös und besorgt aus. Chan rief ihr zu: »Hi, wo sind Emily und Sarah?« Nele blickte auf, kam dann zu uns und sagte leise: »Ich weiß es nicht. Einfach verschwunden. Emily wollte wohl mit Laith nach London. Aber das erklärt nicht, warum jetzt auch Sarah fehlt.«

Chiara, die lange außergewöhnlich schweigsam war, der der englische Tee anscheinend aber gutgetan hatte, versetzte diese Information auch in Erstaunen. »Beide verschwunden. Wirklich? Ist nicht wahr!«

»Ich habe heute lange geschlafen. Als ich aufwachte, waren sie weg. Laith auch.«

»Vielleicht sind sie einfach nur irgendwo unterwegs oder machen einen Ausflug?«, überlegte ich.

»Das glaube ich nicht, sie antworten nicht einmal auf ihrem Handy.«

»Don't worry. Emily hat bestimmt ein kleines Date mit Laith, ist mit ihm nach London gefahren. Und Sarah ist nur irgendwo unterwegs.«

Nele schüttelte den Kopf. »Aber das ist jetzt ein paar Stunden her. Ich verstehe das nicht.«

Zwar boten wir ihr unsere Hilfe an, doch sie lehnte das ab. Auch sonst war Nele heute wirklich nicht sehr gesprächig und so beschlossen wir aufzubrechen, um uns endlich Torys Ferienhaus anzuschauen. Wir verabschiedeten uns, wünschten ihr, dass sich bald wieder alles aufklären würde.

11. Rye

Torys Ferienhaus war in Rye. Wir fuhren mit dem Bus dorthin. Es lag etwas am Rande des kleinen Orts mit Blick auf einen Flusszulauf: alter dunkler Backstein, nur ein Stockwerk und rotes Dach, weiße Sprossenfenster, umrahmt von Hortensien und Efeu. Als Chan es sah, pfiff er durch die Zähne. »Wow, das ist wirklich a nice old house.«

Auch Chiara war begeistert. Auf einem gepflasterten Platz um die Ecke stand unter einem Carport zudem ein dunkelgrüner alter Mini. »Ob der Tory gehört? Der ist ja schön!«

Wir schlossen die Haustür auf und traten in einen Flur, der mit schwarz-weißen Kacheln gefliest, ansonsten mit weiß getünchten Wänden und ein paar alten Möbeln eher schlicht gehalten war. An den Flur schloss sich eine größere Wohnstube mit offener Küche an. Dunkle Ledersessel und eine Couch aus grünem Samt, Holzdielen, alte Gemälde von Rye und vom Meer gaben dem Ganzen so etwas Altertümliches, aber sehr Gemütliches. Die Küche war aus weißem Holz und mit zahlreichen Töpfen und Pfannen und sonstigem Zubehör bestens ausgestattet.

»What a kitchen! Ich kann euch vielleicht etwas kochen?«, rief Chan begeistert.

Chiara gefiel die Idee. »Wir können ja heute schon einkaufen. Lasst uns aber jetzt erst einmal das Haus inspizieren.«

Das Cottage war nicht allzu groß, doch im oberen Stockwerk gab es vier Schlafzimmer, damit mehr als genug für uns. Ob Tory hier auch jetzt noch manchmal Urlaub machte? Doch ich hatte nicht viel Zeit, darüber nachzudenken, da Chiara rief: »Schau mal, sogar hier hat Tory eine kleine Bibliothek.«

Ich folgte ihr in das Zimmer. Bis hoch zur Wanddecke standen dort Bücher. Unglaublich. Ob Tory das alles gelesen hatte? Er war tatsächlich ein Geschichtensammler. Wir inspizierten gemeinsam die Regale. Englische und deutsche Literatur. Hier und da auch etwas auf Französisch oder Italienisch. Auf einem Tisch in der Mitte lag ein Stapel Bücher. Verschiedene Romane und einige Reiseführer zu Kent. Ich betrachtete den Stapel. »Man könnte meinen, Tory möchte, dass wir hier nur im Haus die Zeit verbringen oder wochenlang bleiben.«

Chiara lächelte. »Na ja, das glaube ich nicht. Es würde ja nicht zu dem passen, was er vorgestern gesagt hat. Dass wir länger bleiben – vielleicht. Ich könnte mir schon denken, dass er uns ganz gern hier in seiner Nähe hat. Wir sind ja auch nett, oder?« Sie zwinkerte mir schelmisch zu.

»Klar sind wir das …«

Chan kam hinzu. »Sollten wir nicht auch diese kleine Ort

ansehen?«

Dagegen hatten weder Chiara noch ich etwas einzuwenden und so machten wir uns auf, etwas durch Rye zu wandern. Hier gab es viele alte Häuser, mit roten Dächern, entweder aus Fachwerk, weiß oder auch farbig getüncht, viele mit Hortensien und Rosen in den kleinen Vorgärten, mit farbig gestrichenen Holztüren und Messingklopfern. Straßen mit Kopfsteinpflaster, gesäumt von Cafés, Restaurants, Imbissbuden, Kunstgalerien, Andenkenläden. Ein wirklich sehr schöner Ort.

Als wir zu einem schattigen Kirchenplatz kamen, blieb Chiara plötzlich stehen und raunte mir zu: »Schau mal, da drüben. Das ist doch dieser Laith. Oder irre ich mich? Ich dachte, er wäre mit Emily nach London gefahren.«

Ich sah hinüber. »Ja, du hast recht. Zumindest sieht er genauso aus wie der Typ am Bahnhof.«

Sehr schlank, mageres Gesicht, dunkle Haare und Augen, olivfarbener Teint, schwarzes T-Shirt, zerschlissene Jeans. Er saß allein auf einer niedrigen Steinmauer, die die Anlage rund um die Kirche begrenzte und war mit seinem Smartphone beschäftigt. Neben ihm stand ein großer Travelrucksack. Auch Chan erkannte ihn. »Tja, ist er mit Darling Emily doch hier in diese hübsche Stadt geblieben.«

»Allora. Aber sie ist gar nicht bei ihm.«

»Wird schon irgendwo sein. Vielleicht sie ist aber auch

wieder bei ihre Freundinnen«, entgegnete Chan.

Chiara starrte zu dem Jungen, biss sich auf die Unterlippe. Irgendetwas plante sie. Dann sagte sie: »Ich gehe da jetzt mal hin.«

Chan und ich blieben zuerst etwas unschlüssig stehen und folgten Chiara dann doch neugierig.

Als Erstes schaute der Junge Chiara erschrocken und leicht verstört an. Natürlich, er kannte sie ja nicht. Ich war gespannt, wie sie es schaffen würde, sein Vertrauen zu gewinnen. Chan und ich setzten uns etwas entfernter auf die Mauer. Ich hörte, wie sie ihn ansprach: »Hi, ich bin Chiara. Darf ich mich neben dich setzen?«

Laith rückte etwas zur Seite.

»Du kennst mich nicht«, versuchte Chiara, das Gespräch fortzuführen. »Aber ich habe dich mit Emily letztens gesehen. Ihre Freundin macht sich Sorgen. Sowohl Sarah als auch Emily sind anscheinend verschwunden.«

Laith schwieg, steckte sein Handy weg und blickte hinunter, malte mit seinem Schuh Kreise auf den staubigen Boden vor der Mauer. Chiara sagte nichts und wartete geduldig, bei ihr mehr als erstaunlich.

Nach einer Weile hob Laith den Kopf. »Ich weiß es nicht, wo Emily ist. Und mit dieser Sarah habe ich nichts zu tun.«

Das kam unerwartet.

»Wann habt ihr euch das letzte Mal gesehen?«, fragte Chiara.

Laith schaute von mir zu Chan, dann wieder zu Chiara, die sodann erklärte: »Das sind meine Freunde Sid und Chan. Sid ist aus Deutschland, ich bin aus Italien und Chan lebt in London.«

Laith sah uns skeptisch an. Mit einer so gemischten Truppe hatte er wohl nicht gerechnet. Eigentlich hätte er uns jetzt auch verraten können, woher er kam. Er sprach sehr gut Deutsch, aber mit starkem Akzent.

Chiara ergänzte: »Wir verbringen unsere Ferien hier in Rye. Emily, Sarah und Nele haben wir am Strand kennengelernt.«

Endlich antwortete Laith: »Ich habe Emily … heute morgen zuletzt gesehen.«

Chiara hob erstaunt die Augenbrauen. »Ah … und dann?«

»… Sie ist dann zurück in ihr Zelt.«

Chan beäugte Laith interessiert und grinste, stieß mich leicht mit dem Ellenbogen an und flüsterte: »Well, what did they do until the morning?«

Ich besah mir Laith. Dann musste ich an die schüchterne Emily denken und an den Abend vorher, als wir die beiden gesehen hatten. Was auch immer die beiden miteinander hatten, es erklärte nicht wirklich, warum sie jetzt verschwunden war. Ich fragte: »Ihr wolltet doch zusammen nach London?«

Laith schüttelte den Kopf. »Nein, ich wollte das nicht.«

»*Du* wolltest das nicht?«

»Nein. Nicht mehr …« Laith schaute wieder zu Boden.

»Oh …« Chiara sah sehr überrascht aus. Auch ich war etwas verwundert.

Laith fuhr fort: »Ich habe heute morgen ganz früh mein Zelt abgebaut und bin gegangen … Ich mag diese Sarah und Nele nicht.«

Diese Abneigung schien auf Gegenseitigkeit zu beruhen.

»Hm.« Chiara legte eine Pause ein. Dann wechselte sie das Thema. »Was meinst du, wir könnten eigentlich einen Pub aufsuchen. Lust mitzukommen?«

Laith sah sie empört an. »Ich trinke kein Bier!«

»Das macht nichts. Da wird es auch was anderes geben. Du siehst so aus, als könntest du zumindest etwas zum Essen vertragen.«

Laith zögerte. Ich versuchte ihn zu überreden: »Na los. Wir sind eigentlich ganz nett.« Dann stand er auf und folgte uns.

12. Laith

The Owl« war recht klein, entsprach aber doch dem, was ich mir unter einem Pub vorstellte. Getäfelte Wände und Möbel in dunklem Holz. Eine lange Theke und Regale mit einer großen Auswahl an Bieren und anderen Spirituosen, Holztische, Darts. Es waren noch nicht viele Gäste da. Nur zwei ältere Männer saßen auf ihren Barhockern. Wir suchten uns einen Platz an einem der vier kleinen Tische. Auf einer schwarzen Tafel waren mit Kreide die Tagesgerichte angeschrieben. *Steak and fries, kidney pie, sausage & mash, jacket potatoes …*

Chan musste lachen. »Das ist so typical old English.«

»Du siehst das wohl negativ. Ich finde es aber klasse. Ich wäre sogar enttäuscht, wenn es hier nur Pizza geben würde«, meinte Chiara.

Ich musste ihr zustimmen. »Außerdem habe ich Hunger. Der englische Tee am Mittag war gut, aber jetzt merke ich, dass ich nach dem Marathon heute definitiv etwas zum Essen brauche.«

Chiara sah etwas betreten aus. Ich glaube, sie wollte nicht unbedingt an das Erlebnis erinnert werden.

Laith war sehr still, starrte auf den Tisch vor sich und wirkte gleichzeitig so, als wollte er wieder sofort aufspringen und weglaufen.

»Na los, such dir was zum Essen aus. Wir laden dich ein«, meinte Chiara, suchte dabei Blickkontakt mit Chan und mir, woraufhin wir beide nickten. Wobei ich sehr wohl merkte, dass Chan trotz allem Laith gegenüber zurückhaltend war. Wir bestellten alle Steaks und fries. Chan, Chiara und ich Bier, Laith eine Cola. Während des Essens sprachen wir nicht viel. Wir waren alle recht hungrig. Vor allem Laith aß so hastig, als hätte er seit Tagen nichts Richtiges mehr bekommen, was möglicherweise auch stimmte. Chiara beäugte ihn dabei verstohlen und gab mir mit ihren Blicken zu verstehen, was sie davon hielt. »Armer Junge« – stand in ihrer Denkblase.

Unvermittelt hörte sie auf zu essen. »Hey, willst du noch meinen Rest?«

Laith zögerte kurz, dann nahm er ihren Teller dankend an und hatte auch den bald geleert. Der Kneipenwirt kam und räumte alles ab.

Chan betrachtete Laith immer noch kritisch. Ich musste an seine Anmerkungen am Vortag denken. Obwohl er sonst so ein lockerer Typ war – ihm hatte es nicht gefallen, dass Emily mit Laith abhing. Hatte Laith was mit ihrem Verschwinden zu tun? Waren die beiden Mädchen überhaupt verschwunden? Vielleicht war das Ganze ja nur ein simpler Irrtum? Chiara unterbrach meine Grübeleien.

»Laith, woher kommst du? Und … allora, ich meine damit nicht Deutschland.«

Laith zuckte leicht zusammen, zeigte wieder diesen Drang wegzulaufen, schwieg eine Weile.

Chiara blieb geduldig, auch Chan und ich waren ganz still und warteten gebannt auf eine Antwort.

»Afghanistan. Kabul.« Laith starrte dabei weiterhin auf die Tischplatte.

»Oh, du bist der Erste, den ich kennenlerne, der von dort kommt«, rief Chiara aus.

Ich überlegte und sagte vorsichtig: »Das ist immer noch ganz schon gefährlich dort, so viel ich weiß.«

Chan sah Laith weiterhin undurchdringlich an. Er war bis jetzt so ein Spaßvogel gewesen. Zwei Jahre lang hatte ich immer nur mit ihm gechattet. Seine Mimik studierte ich erst jetzt und wurde nicht ganz schlau daraus.

Gedankenverloren schob Laith den Bierdeckel mit seinem leeren Colaglas hin und her. »Ja, das ist es.«

Chiara hingegen kaute mal wieder auf ihrer Unterlippe herum. Das machte sie immer, wenn sie nachdachte. Mittlerweile hatte ich mir angewöhnt, sie dabei anzuschauen und abzuwarten, was kam.

»Du bist nun aber hier in England, sehe ich das richtig?«

Laith nickte. »Ja.«

»Wie hast du es geschafft, hierher zu kommen?«

Ich platzte fast vor Neugier. Auch Chan verlor seine abwartende und reservierte Haltung und beugte sich vor, um Laiths Antwort nicht zu verpassen. Mittlerweile waren mehr Gäste im Pub, die Musik spielte laut.

Aber Laith schüttelte den Kopf. »Es war einfach nicht richtig …«

»Was war nicht richtig? Mensch, du bist hier. Das finde ich großartig! Bitte erzähle, wie du es gemacht hast. Wir …« Chiara sah Chan und mich dabei fast flehend an. » … erzählen auch niemandem etwas davon.«

Wie auch immer Chiara das stets aufs Neue schaffte, Laith schien Vertrauen zu ihr zu fassen. Als er anfing zu berichten, sah er nur Chiara an, Chan und mich ignorierte er.

»Ich war fast zwei Jahre in Deutschland. Zusammen mit meinen Eltern und meinen beiden Geschwistern. Das Leben in Kabul vorher war unerträglich …«

Ich hörte aufmerksam zu, überlegte. »Ihr seid also 2017 geflohen?«

Laith antwortete: »Ja, sehr spät. Aber irgendwann waren meine Eltern es leid. Bei einem der Anschläge sind meine Tante und mein Onkel und auch ihre Kinder ums Leben gekommen. Das hat dann gereicht …«

»Mio Dio, wie entsetzlich!«

Das war heftig. Tausendmal irgendwo in den Nachrichten gehört, aber wenn es jemand erzählte, war es doch etwas anderes. Sogar Chan hob kurz die Augenbraue und hörte ernst zu.

»Also sind wir geflohen. Es war alles andere als einfach. Nach unserer Ankunft wurden wir erst registriert, bekamen unseren zeitlich beschränkten Ausländerausweis, dann ging es in eine Aufnahmeeinrichtung. Schließlich sind wir in Köln gelandet …«

Ich staunte, wie gut Deutsch er sprach. Gerade mal zwei Jahre war nicht lange. »Wie hast du so schnell unsere Sprache gelernt?«

»Ich bin zur Schule gegangen, hatte einige deutsche Freunde und habe zusammen mit meiner ganzen Familie Deutsch gelernt … und gehofft, dass das was nützt … um bleiben zu können …«

Chan ergänzte: »But it didn't.«

Laith sah kurz zu ihm auf. »No.«

»Und nun – du musst wieder in deine Heimatland?« Chan betrachtete Laith interessiert.

»Ja.« Laith sah noch blasser aus.

Chiara fragte ihn: »Aber warum? Konntet ihr da nicht irgendwie Einspruch einlegen oder so?«

»Fast alle aus Afghanistan werden derzeit wieder abgeschoben. Obwohl es immer noch nicht sicher dort ist. Warum ist daher eine gute Frage. Weil sie nicht alle behalten können. Und wir konnten nicht nachweisen, dass wir zu den Härtefällen gehörten. Und ja, ein Einspruch wäre möglich gewesen. Meine Mutter wollte das einfach nicht. Aber ich …« Er machte eine Pause.

Ich setzte seinen Satz fort: »… aber du hast für dich den Entschluss gefasst, es in England zu versuchen und es geschafft.«

»Come on, England ist zur Zeit wie eine Hochsicherheitstrakt – sagt man doch so? How did you do it?«

»Es gab da einen Sozialarbeiter, der sich echt für mich eingesetzt hat. Alex. Er sah mir außerdem gar nicht einmal so unähnlich, meinte immer ›He Laith, wir könnten Brüder sein‹.«

»Ja … und?« Chiara war die Spannung und Ungeduld anzumerken.

»Nur, weil er mir vertraut hat, habe ich es geschafft.«

Fragend blickte Chiara mich und dann wieder Laith an. Chan schien zu begreifen.

»Ich habe seinen Ausweis und Geld von ihm gestohlen. Der Rest war einfacher als gedacht. Ich bin unmittelbar danach mit dem Zug bis nach Calais gereist und sie haben mich auf die Fähre gelassen. Das war's.«

Chan lehnte sich zurück und pfiff durch die Zähne, sagte dann: »Clever boy.« Chiara und ich ließen fast gleichzeitig Ausrufe des Erstaunens von uns. »Ja, aber das ist doch cool. Jetzt bist du hier. Du bist frei. Und kannst vielleicht auch noch deine Familie nachholen …«

Doch Laith schnitt Chiara fast den Satz ab. »Nein, es ist nicht cool. Meine Familie wird demnächst abgeschoben und ich habe vielleicht auch noch meine Schwester auf dem Gewissen. Sie wollte es auch hierhin schaffen. Aber sie meldet sich nicht mehr. Und außerdem bin ich illegal hier … und weiß nicht, ob ich Chancen habe …«

»Hm … wie alt ist deine Schwester?« Chiara war sichtbar betroffen.

»Siebzehn. Gerade geworden. Und anders als ich hat sie keinen Plan, wie sie hierher kommen soll. Das kann nicht gut gehen. Nur meine jüngste Schwester ist nun noch bei meinen Eltern. Sie werden zurück nach Afghanistan gehen, ohne uns wiedergesehen zu haben.«

»Das ist …« Chiara sprach den Satz nicht zu Ende. Keiner von uns wusste in dem Moment so recht, wie er Laith Hoffnung machen konnte.

Kurze Zeit schwiegen wir.

Dann erklärte Chiara: »Sag mal, du weißt doch jetzt gar

nicht, wo du bleiben kannst, oder? Es ist schon spät. Du könntest bei uns übernachten.«

Chan wirkte entsetzt. Ich war auch überrascht. Andererseits – was überraschte einen schon groß bei Chiara? Laith zögerte zunächst, nahm das Angebot jedoch schließlich dankend an.

Und so kam es, dass wir nun zu viert Torys kleines Haus in Rye aufsuchten. Platz genug war ja tatsächlich. Laith erzählte nicht mehr viel und zog sich bald zurück. Chiara merkte ich jedoch an, dass sie fest entschlossen war, sich seiner anzunehmen, während Chan über sie weiterhin den Kopf schüttelte. Für den kommenden Tag plante Chiara, mit Laith über die Möglichkeiten eines Asylantrags zu sprechen, auch Tory um Rat zu fragen.

Mittwoch, 31.07.19

Doch schon am nächsten Morgen war Laith fort. Er hatte alles ordentlich verlassen. Allerdings auch Chiaras Bargeld und ihren Ausweis mitgenommen, wie sie fluchend feststellte. Zum Glück aber ihre EC-Karte dagelassen. »Merda. Was will er bloß mit meinem Ausweis? Für seine Schwester?«

Chan sah sie an. »Then she should color her hair.«

Ich konterte: »Blödsinn, wie soll er ihr denn den Ausweis

geben? Noch einmal mit der Fähre rübersetzen? Glaub kaum, dass ihm das gelingt.«

»Du musst das melden!«, meinte Chan.

Chiara grummelte vor sich hin. »Vielleicht kommt er ja wieder …«

»Oh, sweetheart. Certainly not!«

13. Hastings

An diesem Tag gelang es sowohl Chan als auch Chiara, so viel Blödsinn auf einmal zu machen, dass wir Laith, die Mädchen und auch Chiaras gestohlenen Ausweis und ihr Geld fast vergaßen.

Es regnete und wir entschieden uns spontan mit dem Bus in das benachbarte Hastings zu fahren, ohne vorher großartig zu planen, was wir dort machen wollten. Irgendwie fing es bereits während der Busfahrt an. Chan blödelte permanent rum. Vor allem die deutsche Familie, die vor uns saß, hatte es ihm angetan: Eltern mit zwei Söhnen, ungefähr im Alter von zehn und zwölf Jahren. Ich glaube, mir selbst wäre gar nichts Besonderes an ihnen aufgefallen. Aber Chan fand es bemerkenswert, dass sie alle Socken in den Sandalen trugen, mit blauem Sunblocker eingecremt waren und Unmengen an belegten Broten aus Plastikdosen aßen, zudem die vier Reiseführer mit Post-its versehen hatten und im Familienrat besprachen, welches Kulturprogramm als Nächstes anstand.

»Das ist so typical German. So brav!« Daraufhin entstand eine Diskussion, was eigentlich typisch für einzelne Länder war, und was nicht. Insbesondere Chiara widersprach ihm ein paar Mal. »Du hast zu viele Vorurteile, Chan!«, meinte sie tadelnd. Ich musste ihr recht geben, dass Chan da vielleicht zu schnell sein Urteil fällte. »Okay, but seriously: Würde deine italienische Vater mit Post-its verreisen?« Chiara grinste und schüttelte den Kopf. Auch ich konnte mir das eher nicht vorstellen. »Nein sicherlich nicht. Er verreist sowieso gar nicht erst. Florenz, Pisa oder Venedig. Das reicht ihm schon.«

In Hastings angekommen, bummelten wir erst durch die Straßen, dann meinte Chan, es wäre Zeit für ein richtig lustiges Programm und er schlug das »True Crime Museum« vor. Ich glaube, er wollte Chiara an diesem Tag etwas herausfordern. Sie war zwar gut im Geschichtenerfinden und konnte dabei recht abgebrüht sein, es gelang ihr aber kaum, spontane Stimmungen und Gefühle zu verstecken.

»My dear, kannst du ohne mit die Wimper zucken, da durch gehen?«, fragte er sie.

»Klar doch.« Chiara grinste Chan an.

Das Museum hielt alles an Schaurigkeiten zu realen Verbrechen bereit, was es so gab: Folterinstrumente, Waffen, Fotografien der Opfer und Tatorte. Trotzdem behielt Chiara während der Dauer unseres Besuchs ihre Mimik im Griff. Sobald wir draußen waren, machte sie sich aber Luft mit den verschiedensten italienischen Ausrufen, die Begriffe für etwas Schreckliches waren.

Im Anschluss fing aber auch Chiara mit Unsinn an und schlug vor, dass wir die alten Damen mit lila Haaren zählen sollten. Tatsächlich waren überproportional viele ältere Damen mit einem eigenartig lila Schimmer im Haar unterwegs. Hatte ich so in Deutschland auch noch nie gesehen.

Den Tag setzten wir mit dem Besuch auf der Burgruine von Hastings fort. Chan konnte es mal wieder nicht lassen, entgegen allen Verboten eine Kletterpartie zu unternehmen. Er schloss eine Wette ab, ob der Wärter es merken würde oder nicht, wenn er den höchsten Ruinenteil bestieg, und meinte, dass wir uns das bestimmt nicht trauten.

Er schaffte es, hockte sich grinsend oben hin und baumelte mit den Beinen. Chiara schoss Fotos von ihm und kletterte sogar ein Stück hinterher. Ihre Höhenangst schien sie an diesem Tag nicht mehr zu haben. Während ich mit sämtlichen Souvenireinkäufen, die sie in Hastings gemacht hatte, leicht dämlich vor der Ruine stehen blieb, und den Wachmann spielte.

Bevor wir den Bus zurücknahmen, setzten wir uns noch an den Kiesstrand, warfen Steine ins Wasser, bauten Steintürme und veranstalteten schließlich einen Wettbewerb im Kirschkernweitspucken. Zumindest da gewann ich. Chan stellte dann anerkennend und mit todernster Mine fest:

»Sid, you're the best cherry pit spitter I've ever seen. Ich bin sehr beeindruckt.« (2)

Als wir abends heimkamen, hatte die Albernheit Chiara und Chan so sehr ergriffen, dass sie, nachdem sie sich über englisches Essen ausgetauscht hatten, in dem Supermarkt mit Absicht die grenzwertigsten oder kalorienreichsten Lebensmittel einkauften. Darunter waren quietschgrüne Erbsen, Chips mit Fleischgeschmack, panierte Eier, ein großes Marmite Glas, Jelly Beans, Shortbread, Scones und Clotted Cream. Wobei ich persönlich letztere echt lecker fand, aber sie siegten sicher beim Kaloriengehalt.

Irgendwann war mir jedoch echt schlecht von der bizarren Essensmischung, und so zog ich mich am späten Abend schließlich als erster auf mein Zimmer zurück.

East Sussex News

Donnerstag, 01.08.19 Zwei deutsche Rucksacktouristinnen sind seit Dienstag von einem Campingplatz bei Camber verschwunden. Die lokale Polizei hat die Fahndung aufgenommen. Es handelt sich um die 18-jährige Emily H. und die gleichaltrige Sarah P. aus Hamburg. Zusammen mit ihrer Freundin hatten sie erst vor einer Woche ihre Interrailtour angetreten und hielten sich seitdem in Camber auf. Da sie teilweise auch ihr Gepäck, Ausweise und Geld dagelassen haben, wirft ihr Fernbleiben Fragen auf. Inwieweit ein junger Mann, der sich zeitgleich auf dem Campingplatz aufgehalten haben soll, mit dem Verschwinden der beiden Mädchen in Verbindung steht, ist nach dem derzeitigen Stand der Ermittlungen noch unklar. Auch nach ihm wird mittlerweile gefahndet.

14. Erste Recherchen

Donnerstag, 01.08.19

Als beim Frühstück die Radionachrichten liefen, horchte ich auf. »Oh Mann! Das gibt's doch nicht! Nach Laith wird auch gesucht.« Am frühen Morgen war eine E-Mail von Tory eingetrudelt. Auf seine Nachfrage, wie es uns an der »seaside« gefallen würde, versicherte ich ihm, wir hätten unseren Spaß.

Chiara saß da in einem zerknitterten Oversize-Schlaf-T-Shirt, bedruckt mit »Freedom for Scotland« und klammerte sich an ihrer Kaffeetasse fest. Wobei ich mich fragte, wo und wann sie dieses Shirt gekauft hatte und ob sie auch vorhatte, es hier außerhalb des Hauses zu tragen.

Ich glaube, sie hatte gestern mit Chan noch relativ lange unten abgehangen. Was mir gar nicht so gut gefiel … Auch schien sie tatsächlich noch bis spät in die Nacht in den von Tory bereitgelegten Büchern gelesen zu haben. Vor allem Sartre hatte es ihr angetan und so versuchte sie mit uns darüber zu philosophieren. »Der Mensch ist zur Freiheit verurteilt, weil er sich nicht selber erschaffen hat. Denn, wenn er erst einmal in die Welt geworfen ist, dann ist er für alles verantwortlich, was er tut.« (3) Chiara las uns das Zitat vor und schien hellauf begeistert.

Ich musste darüber nachdenken. So ganz konnte ich da nicht zustimmen. »Was ist mit den Menschen, die nicht frei entscheiden können? Weil sie es nicht dürfen und daran gehindert werden?« Chiara hatte mir recht gegeben, mit der Einschränkung, dass Sartre das wohl anders meinte und man zumindest im Kopf immer noch diese Freiheit hätte. Genau wusste sie es aber auch nicht.

Bei Chan weckte das jedoch nur bedingt Interesse. »That's all rubbish. I don't need any philosophy. Ich halte mich an den reality.«

Auch hatte Chiara wohl schon den ganzen Morgen versucht, sich mit dem Asylrecht auseinanderzusetzen, insbesondere nach den Möglichkeiten in England recherchiert, war aber an den sich ständig ändernden Bestimmungen verzweifelt. »Warum macht man es den Menschen so schwer?«

Auch hier fand Chan eine sehr pragmatische Antwort: »Sie können nicht alle hier kommen. That's the way it is.«

Doch nun riss die Radiomeldung Chiara aus ihren Grübeleien und sie rief entsetzt »Che Merda!«

Chan reagierte etwas gelassener, trank seinen Tee leer und stellte die Tasse dann ab. »Hey, keine Panik. Das sind two eighteen year old girls und ein refugee. Ich sag euch was, die machen eine nette Trip und haben nur ihr Zug zuruck verpasst.«

Chans Optimismus teilte ich nicht: »Und alle beide haben ihr Handy verloren und melden sich nicht bei Nele? … Nein, Chan. Also so richtig gut hört sich das für mich auch nicht an.«

»Allora, das will ich wohl meinen. Ich glaube auch kaum, das käme in den Nachrichten, wenn nicht irgendetwas ganz und gar nicht okay wäre.«

Ich stimmte ihr zu. »Auch dass sie nach Laith fahnden und ihn vielleicht sogar verdächtigen, ist heftig.«

»Yes, sieht so aus, als wäre das nicht gut for a refugee, der Asyl sucht. Well, wenigstens hat er jetzt Chiaras passport.«

Ich beobachtete Chiara. Sie biss sich wie so oft auf die Unterlippe und schien nachzudenken. Dann sah ich dieses Aufglimmen in ihren Augen und wusste sofort, dass sie etwas plante. Im selben Moment verkündete sie: »Wir müssen Laith suchen!«

Interessant fand ich, dass sie nur Laith nannte. Immerhin waren ja auch die beiden Mädchen verschwunden.

»Damn! Du glaubst doch nicht, das geht so leicht, do you?«

Chiara sah Chan trotzig an. »Doch! Zumindest kann man es versuchen. Oder, Sid?« Dabei wandte sie sich fast flehend an mich. Ein bisschen hatten wir Chan ja mittlerweile von unseren Recherchetrips in den beiden letzten Jahren erzählt. Dennoch konnte er nicht wissen, wie sehr sich besonders Chiara stets in die Suche und Ermittlungen gestürzt und aber auch in Gefahr begeben hatte. Ich seufzte. »Ja klar, wir können es versuchen.«

Chiara achtete nicht darauf, dass ich nicht uneingeschränkt begeistert war. Sie schmiedete bereits Pläne: »Was meinst du, Sid? Wo fangen wir an?«

Auch wenn ich nicht genau wusste, ob das hier Sinn machte, Chiara zuliebe dachte ich nach. »Ich glaube, Laith war schon vor den Mädchen in Camber auf dem Campingplatz. Und als er gestern morgen aufgebrochen ist, wollte er möglicherweise Emily suchen. Ich könnte mir denken, dass er dorthin zurück ist.«

»Prima! Dann lass uns da anfangen. Ich mache mich schnell fertig.« Chiara stand auf und eilte nach oben.

»Crazy. Das meint sie ernst?«

Ich musste grinsen. »Verdammt ernst.«

Chan lehnte sich zurück. »Shit.«

Wenig später brachen wir zu dritt auf und fuhren mit dem Bus nach Camber. Der Campingplatz war ganz in der Nähe des Strandabschnitts, an dem wir vor zwei Tagen zuletzt waren. Zahlreiche kleine Caravanhütten, Campingwagen und Zelte verteilten sich über eine große Fläche unterhalb der Dünen. Am Eingang zu dem Gelände befand sich ein kleines weißes Pförtnerhäuschen. Chiara lief schnurstracks darauf zu. Wir hinterher. Im Innenraum saß eine Frau mittleren Alters. Als sie uns sah, öffnete sie das Schiebefenster. Chiara fragte auf Englisch: »Wir interessieren uns für die Zeltplätze hier und wollten fragen, ob noch etwas frei ist und wir uns den Campingplatz einmal anschauen können.«

Die Frau betrachtete uns kritisch. »Na ja, wenn Sie ein Zelt haben. Es ist nicht mehr so warm wie die Wochen zuvor. Platz hätten wir wieder. Nur Ärger brauchen wir keinen mehr.«

»Oh. Wir machen keinen Ärger.«

Die Frau seufzte. »Das will ich hoffen. Wegen dieser Vermisstensache haben wir leider gerade erst eine ganze Menge Trubel gehabt. Ist nicht gut fürs Geschäft.«

»Si vero? Vermisstensache. Was ist denn passiert?«

»Zwei Mädchen und so ein junger Mann, anscheinend ein Flüchtling, werden vermisst. Hätte ich das gewusst, hätte ich ihn nie hier zelten lassen. Der hat sich mit einem deutschen Ausweis angemeldet. Ich sag ja, nichts als Ärger mit diesen Arabern. Die Freundin der beiden vermissten Mädchen hat es gemeldet. War ganz aufgelöst, das arme Ding. Die Polizei kümmert sich jetzt um sie und sucht nun. Die Beamten waren schon gestern da und haben hier alle befragt.«

»Oh, das ist schlimm ... dürfen wir uns trotzdem den Platz anschauen? ... Wo haben denn diese Mädchen gezeltet?«

»Hinten bei C 115 ... Ja, schauen Sie sich um. Wenn Sie Fragen haben, ich bin hier.«

Chiara stiefelte los, wir hinterher. Platz C lag hinter den Stellplätzen für die Campingwagen. Die meisten Zelte waren verschlossen, vor einem einzelnen saß ein junger Mann auf einer Isomatte und war am Frühstücken.

Chiara sprach ihn auf Englisch an. »Hi, wir schauen uns hier um, weil wir vielleicht zelten wollen. Ist der Campingplatz okay?«

Der Mann sah auf. »Ja, man kann nicht meckern. Ist alles so weit ganz sauber.«

»Haben Sie von diesen verschwundenen Mädchen und dem Jungen gehört? Das ist ja irgendwie etwas unheimlich ...«

»Pah, das hat doch mit dem Campingplatz nichts zu tun ... Ja, hat eine Menge Wirbel gemacht. Aber wenn ihr mich fragt: Die haben sich einfach nur gestritten. Das klärt sich wieder auf.«

Auch ich war neugierig. »Sie haben sich gestritten. Wer?«

»Na, die Mädchen. Das ließ sich wirklich nicht überhören.«

»Allora. Haben Sie das der Polizei gestern auch erzählt?«

»Nein. Haben mich auch nicht gefragt. Die waren eher darauf fixiert, etwas über den Jungen zu erfahren.«

Chan, der während des Gesprächs an einem der Campingwagen gelehnt stand, mit verschränkten Armen und leicht amüsiert, schaltete sich nun auch ein und sprach auf Englisch: »Was wissen Sie über den Typ? Ist er mit diesen Mädchen abgehauen?«

Der Mann runzelte etwas die Stirn. »Ihr seid sehr neugierig … hm. Ich weiß nicht viel über ihn. Der war sehr still und unauffällig. Aber dieses eine Mädchen hat mit ihm abgehangen. Und ganz klar: der Streit ging um ihn.«

Das fand ich interessant und auch Chiara hakte hier nach. »Ahh … das haben Sie gehört?«

»Ich habe nicht die ganze Zeit zugehört und auch nicht alles verstanden. Ja, die waren sich irgendwie sehr uneinig über ihn.«

»Aber Sie haben es nicht mitbekommen, als die beiden Mädchen und der Junge weggegangen oder aber zwischendurch wiedergekommen sind?«, wollte Chiara wissen.

»Nein. Also ich weiß nicht. Mir kam es vorgestern so vor, als hätte ich die Stimme des Mädchens und des Jungen noch gehört. Als hätte sie geweint. Aber ich weiß es nicht, wer es war. Und ich war auch noch im Halbschlaf. Ich kann mich auch irren … Und das ist auch schon alles, was ich euch sagen kann. Aber vielleicht weiß noch jemand oben bei dem Imbiss was. Da waren sie bestimmt öfters.«

»Hm. Okay. Auf jeden Fall danke.« Chiara war sichtlich unzufrieden. Ich selbst hatte zu dem Zeitpunkt meine Zweifel, ob wir mehr herausfinden konnten. Dennoch war ich wie immer fasziniert von ihrem Ehrgeiz. Chiara hielt auch noch Ausschau nach weiteren Möglichkeiten, jemanden zu befragen, doch wir konnten spontan niemanden in der Nähe der Zeltplätze entdecken. Das Pförtnerhäuschen war unbesetzt, als wir wieder vorbeikamen.

Beim Imbiss war an diesem Tag etwas mehr los als beim letzten Mal. Wir setzten uns in den Innenraum. Chiara sah sich um. »Hey, diese Jungs da hinten waren schon neulich hier. Scheinen nichts Besseres zu tun zu haben.«

Diese Typen schoben schon am frühen Mittag ihre Bierdosen herum und konnten offensichtlich auch sonst nicht viel mit sich anfangen. Ich verspürte spontan kein Bedürfnis, mit ihnen ein Gespräch anzufangen. Auch Chan verzog sein Gesicht. »Du willst die jetzt aber nicht etwa befragen? They're just some awful red haired and red faced English guys.« (4)

»Hey, bitte keine Beleidigungen Rothaariger!«, protestierte Chiara.

»Sorry, my dear. Du bist was Anderes. Your hair ist really lovely.«

Wenn Chan Chiara Komplimente machte, gefiel mir das weitaus weniger, als wenn sie nicht gleicher Meinung waren. Ich wurde eh nicht schlau aus den beiden. Auch während unseres Tagestrips hatten sie sich auffällig oft gekabbelt. So gern ich Chan mochte, ab und an wünschte ich mir, er wäre nicht dabei.

Chiara ließ sich nicht von Chans Bemerkung abhalten und ging auf die vier zu. Die beäugten sie mit unverhohlen frechen Blicken und blödem Gekicher. Doch Chiara tat so, als hätte sie nichts bemerkt und fragte sie nach Laith.

»Ja klar, den haben wir öfters hier gesehen. Kam ja immer, um sein Handy aufzuladen. Die Polizei war schon gestern da. Und wir haben denen geraten, nach dem zu suchen. Der war's, der hat garantiert die Mädchen auf dem Gewissen.«

Chiara ignorierte diese Bemerkung einfach. »Und die Mädchen? Habt ihr die auch gesehen?«

Sie zuckten mit den Achseln. »Sicher. Aber nicht an dem Tag, als sie verschwunden sein sollen. Nur die eine.«

»Und was wisst ihr noch über den Jungen?«

»Was willste das eigentlich wissen? Biste die Hilfspolizei? Oder willste was von dem?«

Sie lachten darüber, als wäre es der allerbeste Witz. Chan und ich hatten vom benachbarten Tisch aus zugehört. Ich merkte, dass der Zeitpunkt gekommen war, Chiara zu unterstützen, setzte mich etwas mehr in die Nähe und fragte: »Habt ihr den Jungen vielleicht auch mit anderen mal zusammen gesehen?«

Die vier schauten mich etwas dämlich an. Dann antwortete einer: »Klar. Der hing in der ersten Zeit immer mit diesem Pakistanipack am Strand ab. Die grillen dort abends immer. Verpesten den ganzen Strand damit und tun so, als wären sie zu Hause bei sich.«

»Ah … weißt du die Namen von ihnen?«

Der Junge, der geantwortet hatte, schüttelte den Kopf.

»Nee, mit denen haben wir nichts am Hut. Aber die erkennt ihr leicht. Schwarze Kleidung, schwarze Bärte. Sehen aus wie Taliban. Ihr trefft sie aber nur abends dort.«

Nach dieser sehr vielversprechenden Beschreibung beendeten wir das Gespräch. Chiara sah sich kurz im Restaurant nach weiteren Interviewpartnern um, entschied sich aber dagegen. Als ich ihren Blick sah, wusste ich: das Abendprogramm des Tages stand schon fest.

15. The Beach

Dunstschwaden von gebratenem Fleisch stiegen uns bereits in die Nase, bevor wir die Dünen hinuntergingen. Im Dämmerlicht erkannten wir eine Gruppe von Männern, die am Strand beisammen saßen. Schwarz gekleidet und mit langen Vollbärten. Sie zu finden, war tatsächlich nicht besonders schwierig, da der Strand sonst weitgehend leer war. Es war auch bereits recht frisch, kühle Meeresluft wehte herüber.

Zögerlich näherten wir uns. Die Männer schauten uns mit einer Mischung aus Erstaunen, Skepsis und Argwohn entgegen. Wir waren für sie unter Umständen ein genauso kurioser Anblick. Chiara, rothaarig, verstrubbelt, am heutigen Abend das erste Mal wieder mit ihren geliebten Springerstiefeln und der Lederjacke, die sie auch in den Vorjahren immer mal gerne getragen hatte. Chan mit weißem Rollkragenpullover und Sakko. Dass er dazu neigte, sich gern so schick anzuziehen und ziemlich eitel war, hatte ich in den letzten Tagen festgestellt. Tja, dann war da noch ich, in zerknautschter Jeans und Sweatshirt. Als wir drei in gleichem Maße verlegen vor ihnen standen, begrüßten wir sie zu allem Überfluss auch noch mit »Ciao«, »Good Evening« und »N'Abend.«

Der älteste der fünf Männer aber nickte nur und fragte

dann in klarem Englisch: »Guten Abend. Was verschafft uns die Ehre?«

Chiara schien ihre Forschheit zurückgewonnen zu haben und antwortete wie so oft geradeaus: »Wir sind Freunde von Laith. Wir suchen ihn.«

Mit einem Stirnrunzeln wandte sich der Mann an die anderen. In ihrer Sprache, vermutlich Pakistanisch, Urdu oder wie das hieß, wechselten sie einige Worte. Skeptisch beäugten uns die Männer. Zwei schüttelten den Kopf. Der Name Laith fiel. Und auch, wenn keiner von uns ein Wort verstehen konnte, merkte man sehr wohl, dass sie sich uneins waren.

Nach einer Weile richtete er das Wort wieder an uns. »Setzt euch. Wir möchten euch erst einmal kennenlernen und dann entscheiden wir, ob wir euch etwas von Laith erzählen.« Sie boten uns von ihrem Gegrillten etwas an. So aßen wir erst einmal schweigend. Und dann erzählten wir, woher wir Laith kannten und auch ein bisschen von uns, damit sie sich ein besseres Bild von uns machen konnten. Auch die Männer stellten sich vor. Sie hießen Abid, Jawed, Mohammad, Rashid und Faizan, kamen aus Pakistan, lebten aber schon lange in England. Laith hatten sie hier am Strand kennengelernt. Der Junge war ihnen gleich aufgefallen. Und obwohl er sehr zurückhaltend war, hätte er sich doch wohl gefreut, jemanden zu treffen, der aus der Nähe seines Heimatlandes kam. Abid, so hieß der Mann, der uns begrüßt hatte, Wortführer und wohl auch Ältester, seufzte dann. »Es ist nicht richtig, dass so ein junger Mann nicht bei seiner Familie und hier ganz allein ist. Dass er nicht in seiner Heimat sein kann. Wir sind schon lange hier, aber er … Es wird schwer für ihn werden …«

Die vier Männer pflichteten ihm bei.

Chiara sah betroffen aus. »Ja, aber warum ist er jetzt verschwunden?«

Rashid, der sich bis jetzt zurückgehalten hatte, meldete sich vehement zu Wort: »Was glaubt ihr? Man beschuldigt ihn. Mädchen sind verschwunden. Und er – ein illegaler Flüchtling. Wie sieht das aus? Hm?«

Auch Faizan äußerte sich jetzt: »Er sitzt in der Scheiße. Versteht ihr?«

»Sie werden ihn schuldig sprechen, bevor er überhaupt das Gegenteil beweisen kann.«

»Oder das ausländerfeindliche Pack macht ihn vorher fertig.«

Chiara sah die Männer mit großen Augen an. Chan schwieg. Ich musste ihnen recht geben. Und dennoch. Nichts war bewiesen. Die zwei Mädchen und Laith waren verschwunden. Das konnte alles und nichts heißen. Ich wollte es endlich genauer wissen. Dazu waren wir ja hier.

»Seit wann ist Laith weg und wo ist er?«

Abid legte die Stirn in Falten. Die anderen murmelten etwas in ihrer Sprache und schoben die Köpfe zusammen.

Chiara biss sich auf die Lippe und fixierte mit ihrem Blick Abid, der zu überlegen schien. Chan wiederum saß da mit verschränkten Armen, abwartend.

Dann sprach Abid: »Er ist seit gestern weg. Und ja, wir wissen, wo er ist. Aber wir müssen ihn schützen. Er ist noch so jung und wir haben wirklich Angst um ihn. Was soll es ihm bringen, wenn ihr wisst, wo er ist? Weder er noch wir kennen euch gut genug.«

Chiara schwieg kurz. Dann fragte sie: »Was wissen Sie? Hat Laith überhaupt etwas mit dem Verschwinden der beiden zu tun?«

Es kam wieder Unruhe auf. Die Männer waren offensichtlich nicht begeistert von Chiaras Frage. Abid sah sie dann an. »Wir wissen auch nichts, aber wir glauben ihm.«

Chiara horchte auf. »Also hat er sich dazu geäußert? Weiß er doch etwas? Er wollte Emily suchen. Oder hat er sie noch einmal gesehen?«

Abid schüttelte den Kopf. »Ich sage dazu nichts mehr.«

Doch Chiara ließ nicht locker: »Hm. Ist er denn jetzt in einem anderen Ort? Bei Landsleuten?«

»Ja, wir haben ihn dort hingebracht. Da ist er fürs Erste

sicher.«

»Vielleicht könnten wir ihm aber helfen?«

Abid lächelte etwas über Chiaras Angebot, wurde dann aber wieder ernst.

»Das weiß ich nicht. Wir haben es ihm versprochen. Wir hoffen einfach auch darauf, dass sich klärt, was mit den Mädchen passiert ist und damit seine Unschuld bewiesen werden kann.«

Es entstand eine Pause. Mittlerweile war es dunkel geworden. Mich fröstelte etwas. Der Geruch des Gegrillten lag noch in der Luft und vermischte sich mit der salzigen Meeresbrise, die herüberwehte. Chan hatte die meiste Zeit geschwiegen. Nun äußerte auch er sich und sagte auf Englisch: »Aber gerade sein Verschwinden macht ihn verdächtig. Ich weiß nicht, ob das so eine gute Lösung ist.«

Ich war ebenfalls Chans Meinung. Laith konnte sich nicht ewig verstecken. Auch Chiara war damit nicht zufrieden. Dann setzte sie ihren flehentlichsten Blick auf. Den kannte ich mittlerweile nur allzu gut. »Bitte, geben Sie uns einen kleinen Hinweis. Wir verraten auch niemandem etwas. Aber ich habe das Gefühl, dass er irgendwann wirklich Hilfe gebrauchen könnte. Und lange sind wir nicht hier. Nur noch eine Woche.«

Abid beriet sich mit den anderen Männern. Sie schüttelten weiter den Kopf. Rashid schaute dann Chiara und uns der Reihe nach prüfend an. Er wechselte mit Abid noch ein paar Worte, dann sagte er: »Er ist in Canterbury. Bei Freunden von uns. Aber mehr verraten wir nicht.«

»Wenn er doch Hilfe braucht oder mit irgendjemandem sprechen will, wir könnten ja unsere Handynummern austauschen«, schlug Chiara vor.

Staunend beobachtete ich, wie der alte Abid sein Smartphone herausholte, sich Chiaras Nummer diktieren ließ und dann einen kurzen Testanruf bei ihr machte. Das zu schaffen, war schon einmal nicht ganz schlecht. Kurze Zeit später verabschiedeten wir uns von den Männern und verließen den Strand.

Als wir wieder jenseits des Dünenhangs waren, lachte Chan. »Wow, my dear. Ich bin beeindruckt. I'm sure, die Typen aus dem Burger wären es auch gewesen. Tauscht da doch mit den Taliban die Handynummer!«

Chiara streckte ihm die Zunge heraus. »Es sind keine Taliban! Und – si vero, mein Lieber. Hättste nicht gedacht, was?«

Ich entgegnete nur: »Ich schon …«

16. Dämmerstunde

Zuerst waren wir etwas unschlüssig, wie wir den Abend verbringen wollten, dann entschieden wir uns, zurück nach Rye zu fahren und endlich Chans Angebot anzunehmen, für uns zu kochen. Was soll ich sagen – es war fantastisch; Hühnchenfleisch und viel frisches Gemüse, eindeutig asiatisch und doch anders als das herkömmliche chinesische Essen – und Chiara war mehr als begeistert. So begeistert, dass es mich doch ein bisschen störte.

Chan machte das alles aber auch mit einer beeindruckenden Leichtigkeit. Ich hingegen hatte seine Warnung missachtet und mir viel zu viel von dem Sambal Oelek ins Essen getan, mit der Folge, dass ich den Rest des Abends ohne Geschmackssinn verbrachte.

Ob ich auch sonst irgendwie außer Gefecht gesetzt war, oder zu dem beigetragen habe, was dann kam – ich weiß es nicht. Um das Brennen durch das höllisch scharfe Gewürz zu löschen, trank ich sicher mehr Bier, als gut war. Chiara war zunächst damit beschäftigt, Pläne in Sachen Laith zu schmieden. Sie wollte unbedingt am nächsten Tag nach Canterbury, was mir in dem Moment schon klar gewesen war, als Rashid den Aufenthaltsort von Laith genannt hatte.

»Canterbury ist beautiful. Ihr solltet es euch wirklich anschauen. Aber nicht dahin fahren, um Laith zu suchen. Das macht no sense. So klein ist Canterbury nicht.«

Für Chiara hingegen stand fest, was sie tun wollte.

Vielleicht auch, um sie davon abzulenken, schlug Chan nach dem Essen einen Filmabend vor. Obwohl Tory und Filme zunächst so gar nicht zusammenzupassen schienen – ich hatte mir tatsächlich irgendwie vorgestellt, er würde nur alte Bücher lesen – im Haus befand sich eine stattliche Videosammlung. Die waren zwar alle nicht wirklich so neu und vor allem gab es kaum DVDs, sondern vorrangig VHS-Kassetten, auch nur auf Englisch und nicht auf Deutsch. Aber dennoch waren ein paar interessante Sachen dabei. Wir entschieden uns für *Merry Christmas Mr. Lawrence* mit David Bowie, den kannte keiner von uns, aber David Bowie fanden wir alle gut. Ansonsten entzog sich mir der ganze Plot irgendwann, während sich Chiara und Chan über die vielen Harakiri-Szenen kaputtlachten, so sehr, dass Chiara zwischendurch von ihrem Sessel fiel, was zu einem weiteren Lachanfall führte. Obwohl der Film objektiv betrachtet eigentlich nicht so lustig war. Irgendwann muss ich dann auf dem Sofa eingeschlafen sein. Ein kühler Luftzug weckte mich. Es war noch dunkel. Mein Rücken schmerzte und ich verfluchte es, auf diesem alten Sofa eingeschlafen zu sein. Chiara und Chan waren verschwunden. Mich wunderte, dass es so zugig war und erst da sah ich, dass das Häuschen eine Hintertür hatte, die offen stand. So tappte ich dorthin und schaute neugierig, wohin sie führte. Ein kleiner Innenhof, erleuchtet von einer flackernden Laterne. Pflanzenkübel, ein Tisch und ein paar Stühle. Was ich dann sah, war das Letzte, mit dem ich gerechnet hatte: Chiara und Chan lagen auf einer Sonnenliege und waren – ich konnte es auch nicht fassen, aber leider war es so – ziemlich miteinander beschäftigt. Ich wollte sofort wieder flüchten, so unauffällig wie nur möglich natürlich. Nur das gelang mir nicht. Natürlich nicht. Beim Rückwärtsgehen stolperte ich gegen einen Klappstuhl, der krachend umfiel. Und so landete ich samt Stuhl auf dem Terrassenboden.

Chiara schoss als erste hoch, mit puterrotem Kopf, das konnte ich sogar bei dem schwachen Licht erkennen, sprang auf und half mir wieder auf die Beine. Chan sah leicht erstaunt und etwas verlegen aus der Wäsche. Schlimmer konnte es gar nicht kommen. »Hey Sid, das … es ist …«

»Alles klar … Entschuldigt die Störung … Ich geh dann mal wieder …«

Ich versuchte, so schnell es ging wegzukommen. Ich war schon auf der Treppe, als Chiara mich von hinten festhielt. »Sid. Bitte …«

Doch ich lief hastig weiter nach oben.

Als ich bei meinem Zimmer angekommen war, drehte ich mich noch kurz um, stellte fest, dass Chiara nun nicht mehr rot, sondern schrecklich blass und erschrocken aussah. So hatte ich sie noch nie gesehen. Und dennoch, ich konnte und wollte nicht mit ihr reden.

»Ich geh dann mal wieder schlafen. Euch noch eine nette Nacht!«

Dann knallte ich die Tür zu.

Ich brauche wohl nicht groß zu erklären, dass ich zuerst kein Auge zumachte. Kurz darauf hörte ich noch Gemurmel und Türenklappen. Danach war es still. Was hatte Chan gesagt? *Sie macht, was sie will.* Und diese Bemerkung, dass da ja nicht viel zwischen Chiara und mir passieren würde. Stimmt. Seit Chan da war, eh schwierig. Jetzt umso mehr.

Irgendwann schlief ich dann doch ein.

Freitag, den 02.08.19

Morgens hatte ich erst gar keine Lust runterzugehen. Schon eine ganze Weile konnte ich Chiara unten in der Küche rumoren hören.

Als sie wieder nach oben in ihr Zimmer ging, schlich ich mich die Treppe hinunter. Auf dem Herd stand noch Chiaras Espressokännchen. Sie war am Vortag glücklich gewesen, dieses Stück Italien in einem sonst ziemlich britischen Haushalt vorzufinden. Ich schenkte mir den Rest ein. Der

Kaffee war zwar nur noch lauwarm, aber besser als nichts. Dann machte ich mir einen Toast, nahm Butter und Marmelade aus dem Kühlschrank und setzte mich lustlos an den kleinen Küchentisch.

Schritte auf der Treppe. Ich zuckte zusammen. Es war Chan. Er sagte zuerst nichts, setzte sich neben mich.

»Ich bin ein sehr schlechter Freund.«

Ja, das war nicht wirklich das, was ich mir von einem Wiedersehen mit ihm erhofft hatte …

»… Hm, da gehören ja immer zwei zu. Ist okay für mich. Ihr könnt machen, was ihr wollt …«

Sobald Chiara die Küche betrat, stand ich jedoch sofort auf, verschwand nach oben und schmiss mich auf mein Bett. Ich hatte einfach keine Lust, sie zu sehen.

Etwas später kam Chan in mein Zimmer.

»Chiara will heute nach Canterbury …«

Ich starrte zur Zimmerdecke. »Ja, schön für euch. Dann macht euch dort einen netten Tag.«

»No, ich gehe nicht mit.«

Ich schwieg. Er fuhr fort: »Ist vielleicht die einzige Möglichkeit, wie ich das wieder in Ordnung bringen kann.«

Ich wusste nicht, was ich davon halten konnte. Doch hatte ich kaum Gelegenheit, weiter darüber nachzudenken, da erschien Chiara in der Zimmertür und sagte, für ihre Verhältnisse ungewöhnlich zögerlich: »Und … möchte jemand mitkommen?«

Ehe ich etwas antworten konnte, sagte Chan: »Yes, Sid will. Ich kenne schon Canterbury«, und verschwand schnurstracks aus dem Zimmer.

Da stand sie vor mir, sehr unsicher und verlegen, ich war immer noch im Schlafanzug und vermutlich auch sonst nach der schlechten Nacht kein besonders toller Anblick.

Gegen ihre Gewohnheit sagte sie nichts mehr. Es entstand ein langes, fast unerträgliches Schweigen. Schließlich erklärte ich zögernd: » … ich würde nach Canterbury fahren … vorausgesetzt, du möchtest das überhaupt …«

Chiaras grüne Augen verdunkelten sich fast. Ihr sonst so vorwitziger und fröhlicher Blick hatte etwas unendlich Trauriges. Etwas heiser sagte sie: »Natürlich. Ich freue mich, wenn du mitkommst. Sehr sogar. Ohne dich würde ich gar nicht fahren wollen …«

» … Na gut. Dann ziehe ich mir mal besser was anderes an …«

17. Canterbury

Canterbury Cathedral ließ sich mit keinem Gebäude vergleichen, das ich bislang gesehen hatte. Aus hellem Stein, mit tausend Zinnen versehen, erhob sich die Kathedrale vor einem strahlend blauen Himmel wie ein überdimensionales Relikt aus vergangener Zeit, überragte die niedrigen, alten Häuser des kleinen Städtchens. Schon lange bevor wir dort ankamen, war sie sichtbar gewesen, wie eine riesige Filmkulisse.

Wir zückten beide gleichzeitig unsere Handys und machten Fotos. Eine willkommene Ablenkung, um nicht miteinander sprechen zu müssen. Die Hinfahrt mit dem Zug hatte eineinhalb Stunden gedauert, die nur schwer zu ertragen waren. Chiara war mehrmals bemüht, die Sache mit Chan zu erklären, was ich erfolgreich abblocken konnte. Ich hatte mir stattdessen die Kopfhörer eingesteckt und meine Playlist durchgehört.

Chiara stopfte ihren Pullover in ihren Rucksack. Nach den zwei etwas regnerischen Tagen war es wieder wärmer geworden. Wir entschlossen uns zu einer Führung, ließen uns Audiogeräte geben und wanderten jeder für sich durch das riesige Gebäude – wieder eine gute Gelegenheit, sich aus dem Weg zu gehen. Das Kirchenschiff war so hoch und weitläufig, dass selbst die zahlreichen Touristen sich im

Innenraum überschaubar ausnahmen. Chiara wandelte, den Kopf nach hinten geneigt, zwischen den Säulen umher, den Mund staunend geöffnet. Wäre ich nicht so sauer auf sie gewesen, hätte ich sie in diesem Moment wieder recht liebenswert gefunden.

In dem Museumskiosk wählte Chiara als erstes ein Schneekugelglas mit der Kathedrale, ich blätterte in ein paar Museumskatalogen.

Nichts ist freier als ein rechter Wille.

An diesem Zitat von Anselm von Canterbury, Erzbischof und Kirchenvater, blieb ich kurz hängen. Ich weiß nicht, wie es gemeint war. Freiheit eine reine Willenssache? Nichts Äußeres? Ich fand das interessant und musste wieder an Torys Frage denken. Zu einem anderen Zeitpunkt hätte ich gerne mit Chiara darüber gesprochen. An diesem Tag war das aber keine Option und so zog ich es vor, den Shop zu verlassen, ohne etwas zu kaufen, und alleine nach draußen zu gehen.

Ich setzte mich auf die Rasenfläche vor der Kathedrale und checkte an meinem Smartphone die Nachrichten. Auch die lokalen News von East-Sussex. Und da war sie wieder. Diesmal noch verschärfter: … *wird dringend gesucht … zwei Mädchen … noch keine Spur … Frage, ob Gewaltverbrechen …*

Das klang gar nicht gut. Und wir wollten jemanden suchen, der zumindest unter einem gewissen Tatverdacht stand, zu einer Tat, die es aber eigentlich noch gar nicht gab … oder doch? Ich war mir nicht sicher, ob das richtig war, was wir da machten.

Gut zwanzig Minuten später kam Chiara endlich wieder.

Normalerweise hätte sie direkt ihre Anweisungen gegeben und wäre losgestiefelt. Aber jetzt sagte sie nichts, sondern nestelte nur an ihrem Rucksack herum und suchte irgendetwas auf ihrem Handy.

Ich räusperte mich. »Canterbury hat rund 70.000 Einwohner. Es ist definitiv nicht London. Wir haben jetzt also die Chance eins zu 69.999, Laith zu finden. Man könnte das aber etwas eingrenzen. Es sei denn, wir wollen länger in Canterbury bleiben.«

»Allora, hast du einen Vorschlag?«

»Nun ja, ich gehe mal einfach davon aus, dass die Freunde von Abid auch aus Pakistan, Afghanistan oder so kommen. In der Beziehung könnten wir schon einmal den Personenkreis eingrenzen.«

»Ja, da hast du recht. Aber wie machen wir das?«

Auch diese Frage war ungewöhnlich für Chiara. Sie schien nicht in Bestform zu sein, was ich mit Erstaunen, aber auch einer gewissen Genugtuung feststellte.

»Vielleicht uns einfach erkundigen, wo hier im Ort Pakistanis leben.«

»Stimmt. Sollen wir fragen oder es erst einmal im Internet checken?«

»Geht beides. Eines der pakistanisch-indischen Restaurants wäre eine Möglichkeit.«

Chiara hob ihre Augenbrauen. »Sid! Super! Das ist keine schlechte Idee.«

Sie nahm ihr Handy hervor. Es gab hier einige pakistanische Restaurants, allerdings hatten über die Hälfte erst abends auf oder bereits wieder geschlossen. Mittlerweile war es fast drei Uhr. Ein Restaurant, das recht nah war, hatte jedoch durchgehend geöffnet. Wir machten uns auf den Weg.

Canterbury gefiel mir gut. Viele uralte Fachwerkhäuser, ich wusste es nicht genau, aber bestimmt noch aus dem Mittelalter, zahllose Kneipen und Geschäfte. Auch so hätte man sich hier prima die Zeit vertreiben können. Doch Chiara hatte es eilig und wir liefen die Straßen entlang, ohne uns irgendwo lange aufzuhalten.

»Karatchi.« Da war es. Ein kleines Lokal mit dunkelroten Vorhängen am Fenster und einem großen Schaukasten mit der Speisekarte neben der Eingangstür.

»Weißt du, was du fragen willst?«

Chiara war normalerweise ein Talent darin, sich in Nullkommanichts etwas auszudenken. Ich war gespannt, ob es ihr auch heute gelingen würde.

»Mir wird schon etwas einfallen. Wir werden erst einmal reingehen und etwas essen. Ich habe jedenfalls Hunger.« Mit einem Augenzwinkern meinte sie: »Du musst dir ja nicht unbedingt wieder irgendetwas Scharfes ins Essen mischen, dürfte beim Inder eh nicht so erforderlich sein.« Dabei musste sogar ich grinsen. Wenngleich ich sofort wieder an den vorangegangenen Abend erinnert wurde.

Nach der Bestellung ergriff Chiara dann die Gelegenheit, ein Gespräch anzufangen. Auf Englisch fragte sie die Frau, die uns bediente: »Entschuldigen Sie. Ich hätte mal eine Frage. Gibt es hier so etwas wie eine pakistanische Community?«

Die kleine Frau sah Chiara mit ihren großen dunklen Augen erstaunt an, antwortete dann aber freundlich: »Ja, man kennt sich schon so weit untereinander. Canterbury ist ja nicht so groß. Wieso fragen Sie?«

»Ach, das interessiert mich irgendwie. Ich bin Italienerin und lebe in Deutschland, auch da trifft man sich ab und an unter sich und tauscht sich aus.«

Chiara war zwar Halbitalienerin, wohnte aber die meiste Zeit bei ihrem Vater in Italien, und von einer italienischen Community in Hamburg hatte sie mir jedenfalls noch nie etwas erzählt, aber ich ließ das mal so stehen und wartete, was sie sich wohl noch ausdenken würde.

Die kleine Frau lächelte, zögerte kurz. Es war nicht viel los und so setzte sie sich schließlich, nachdem sie unsere Bestellung in die Küche weitergegeben hatte, neben uns.

»Eine Italienerin in Deutschland. Ja, dann wissen Sie etwas, wie das ist. Allerdings bin ich hier geboren. Ich fühle mich eigentlich als Engländerin. Auch wenn ich manchmal Heimweh habe nach meiner Heimat, die ich nie wirklich kennengelernt habe; ich bin hier zu Hause. Und ich weiß auch die Freiheit hier zu schätzen. Ach, ich heiße übrigens Samira.«

»Samira, schöner Name. Ich heiße Chiara. Und das ist Sid, ich mache mit ihm hier zwei Wochen Urlaub.«

Samira schaute mich interessiert an. »Ah, dein Freund. Sehr nett.«

Ich wollte schon vehement den Kopf schütteln, doch Chiara sprach weiter. »Ja, genau, Sid ist mein Freund. Ich fühle mich übrigens sowohl als Deutsche als auch als Italienerin. Beides eigentlich … Leben hier auch Menschen aus Afghanistan, auch Flüchtlinge?«

Samira überlegte. »Nein, hier in Canterbury gibt es nicht so viele. Die meisten stammen aus Pakistan und leben auch schon länger hier.«

»Allora, kennen Sie aber zufällig jemanden aus Afghanistan? Vielleicht einen Jungen aus Kabul, der erst seit vorgestern hier ist?«

»Einen Jungen aus Kabul? Nein. Wirklich gut kenne ich nur Alisha. Sie ist in meinem Alter und lebt mit ihrer Familie hier in Canterbury. Sie haben Afghanistan erst vor ein paar Jahren verlassen und besitzen nun einen kleinen Blumenladen. Ghazi Flowers.«

»Ah, und der hat jetzt auch geöffnet?«

Samira zeigte sich leicht amüsiert. »Ja, der hat auch freitagnachmittags geöffnet.«

Sie lachte und stand auf, denn gerade hatte jemand aus der Durchreiche in der Küche unser Essen herausgestellt. Samira brachte es uns. »Guten Appetit. Es war sehr nett, euch beide zu sprechen.« Dann kümmerte sie sich um weitere Gäste.

»Das war nicht schlecht, aber dir ist schon klar, dass das auf die Weise lange dauern kann, bis wir Laith finden – wenn wir ihn denn überhaupt finden …«

Etwas beleidigt sah mich Chiara an. »Ja, das weiß ich. Und ich weiß auch, dass es schwierig ist, was ich mir da vorgenommen habe und wahrscheinlich auch etwas verrückt.«

»Allerdings. Er ist erst seit vorgestern hier. Vermutlich hat ihn noch keiner gesehen. Und lass es mal nur ein oder zwei Prozent der Bevölkerung Canterburys sein, dann gäbe es hier immer noch siebenhundert bis tausend Menschen, bei denen sich Laith aufhalten könnte. Und selbst wenn wir den- oder diejenige zufällig treffen, die mehr weiß, wird man uns vielleicht trotzdem nichts verraten.«

Chiara starrte auf ihr Curry. »Ja, vielleicht hast du recht. Aber wir können es zumindest versuchen.«

18. Blumen und der Imam

Vor der Tür standen dicht gedrängt zahllose Pflanzenkübel und Gestecke in allen Farben. Auch das Ladeninnere war erfüllt vom Duft der Schnittblumen und Sträuße. Wir schauten uns suchend um, als eine fröhliche Stimme uns entgegenrief. »Have a look around. I'll be right there.«

Kurze Zeit später erschien schon eine sehr schlanke, hochgewachsene Frau mit schwarzem langem Haar. Spontan erinnerte sie mich an Emilia in Venedig, die Bekannte von Chiaras Vater, bei der wir im Vorjahr gewohnt hatten. Nur in etwas älter. Ich glaube, Chiara ging es genauso, denn sie schaute plötzlich ganz irritiert zu mir. Freudestrahlend fragte mich die Frau: »How nice, the young man wants to give flowers to the pretty lady?« (5)

Ohne großartig darüber nachzudenken, aber immer noch beeinflusst durch das gestrige Erlebnis, antwortete ich schlichtweg mit »No. I don't want to buy anything«, und machte damit vermutlich alle raffinierten Gesprächsstrategien Chiaras zunichte, die auch prompt errötete. Als die Frau fragend von mir zu Chiara schaute, die anscheinend fieberhaft nach einer neuen Idee suchte, schoss ich einfach auf Englisch mit der Frage hervor: »Wir suchen nach einem circa siebzehn- bis achtzehnjährigen Jungen aus Afghanistan, der erst seit vorgestern hier irgendwo untergekommen ist. Er hat bei uns eine Nacht gewohnt und wir machen uns Sorgen um ihn.«

Chiara sah mich wütend an, anscheinend fand sie es nicht so klug, so schnell mit der Tür ins Haus zu fallen. Dabei machte sie das nicht selten ganz genauso.

Alisha – ich erinnerte mich wieder an den Namen, den uns Samira genannt hatte –, runzelte die Stirn. »Ah, Sie meinen einen Flüchtling … hm … warum suchen so zwei junge Leute wie Sie einen afghanischen Flüchtling, anstatt Urlaub zu machen? Wie kommt das?«

Also erzählten wir ihr alles: wie wir die Mädchen zufällig am Strand kennengelernt hatten, wie plötzlich zwei von ihnen verschwunden waren; die Begegnung mit Laith, die drohende Abschiebung seiner Familie und seine abenteuerliche Einreise nach England; sein abschiedsloses Verschwinden und unsere Recherchen in Camber, die uns nach Canterbury geführt hatten. Alisha hörte gespannt zu.

»Oh. Das weckt Erinnerungen, und zwar keine guten. Der arme Junge.«

Das interessierte mich. »Sie sind selbst aus Afghanistan geflohen?«

»Ja, vor mittlerweile zehn Jahren. Ich bin 1970 geboren, habe also noch die allerersten Kleinkindjahre in einem westlich geprägteren Afghanistan erlebt, und ja, ich kann mich erinnern. An die Miniröcke meiner Mutter, Kino, Eiscreme, Cola, ausgelassene Feiern meiner Eltern mit Alkohol. Ich habe die Fotos noch, sonst würde ich denken, ich hätte mir das eingebildet. Alles, was dann kam, hat ein Land, das einmal wunderschön war, in Unterdrückung, Trauer, Tod, Zerstörung gerissen und es hört einfach nicht mehr auf.« Alisha betrachtete Chiara. »Wie alt sind Sie?«

Chiara antwortete: »Einundzwanzig.«

Alisha wies auf die kleine Sitzecke im Laden und forderte uns dazu auf, Platz zu nehmen. Dann blickte sie wieder zu Chiara. »Sie sind so ein modernes Mädchen und wirken so wunderbar frei. In Afghanistan heute würden Sie eine schwarze Burka tragen, wären seit fünf Jahren verheiratet und hätten schon mindestens drei Kinder. Sie würden das Haus nur mit Erlaubnis verlassen dürfen, keinem Beruf nachgehen und Ihrem Mann zur Verfügung stehen, wann immer er es will«, und mit einem Blick auf mich gewandt, fügte sie hinzu: »Und garantiert nicht mit hübschen jungen Männern durch die Gegend ziehen … Wenn Sie Pech hätten, hätten Sie einen brutalen zwanzig Jahre älteren Despoten als Mann. Wenn Sie Glück hätten, einen netten, der aber vielleicht auch bei der nächsten Gelegenheit in die Luft gesprengt würde … Und Sie, mein Junge … was ist Ihr liebstes Hobby? Ihre Berufswünsche?«

Ich räusperte mich. »Musik. Ich sammle Platten und hätte

später gern einen eigenen Plattenladen.«

»Wie passend. Vergessen Sie es. Zumindest, wenn die Taliban zurück an die Macht kommen, wird es wieder unmöglich sein. Das könnten Sie abhaken. Sie würden, wenn es schlecht läuft, entweder zum IS gehören oder schon unter der Erde sein oder jedenfalls jeden Tag damit rechnen müssen. Ja, so ist es.«

Was Alisha dort in ein paar Worten skizziert hatte, hatte man irgendwie schon einmal gehört, aber nie auf sich selbst übertragen. Es schockierte enorm und machte die Situation Laiths und seiner Familie sehr viel deutlicher.

Alisha seufzte. »Und dennoch. Ich weiß wirklich nicht, wie die Chancen dieses jungen Flüchtlings, den Sie suchen, stehen. Unter diesen Umständen bestimmt eher schlecht. Es sei denn, es klärt sich alles mit diesen Mädchen auf.«

Chiara folgte Alishas Worten mit ernstem Blick. Ich ahnte, dass ihr das alles schwer zu schaffen machte und sie unbedingt eine Lösung finden wollte.

Alisha lächelte sie jedoch an. »Es spricht für Sie, dass Sie Anteil nehmen. Wer Ihnen vielleicht weiterhelfen kann, ist der Imam Ravani der Moschee von Canterbury. Er weiß eigentlich immer alles. Und: Er liebt Blumen! Wenn Sie ihn aufsuchen möchten?«

Wir nickten.

Prompt begann sie einen großen Strauß mit duftenden weißen Lilien und Rosen zusammenzustellen, ergänzte alles noch durch ein bisschen Grün und drückte ihn mir in die Arme. Dann nahm sie noch eine einzelne weiße Rose und schob sie Chiara in ihre roten, wild zusammengesteckten Haare. »Wenn der junge Herr Ihnen schon keine Blumen schenken will, dann tue ich es eben.«

Ich stand reichlich dämlich daneben. Alisha konnte ja nicht ahnen, dass mir Chiara am Vortag nur wenig Anlass gegeben hatte, ihr Blumen zu kaufen.

Nachdem wir eine kurze Wegbeschreibung erhalten hatten, machten wir uns also mit dem nicht wirklich unauffälligen Blumenschmuck auf, den Imam von Canterbury aufzusuchen.

Interessantes Programm irgendwie. So spontan hätten das vermutlich die wenigsten mit der alten englischen Stadt in Verbindung gebracht, insbesondere nicht bei einem erstmaligen Eintagestrip.

Die Moschee konnte man wirklich nicht mit der Kathedrale vergleichen. Das hier waren eigentlich normale kleine Häuser, an der Seite stand nur ein Türmchen, was uns fast zweifeln ließ, ob wir hier richtig waren. Der Imam wohnte direkt in einem der angrenzenden Wohngebäude.

Als Chiara klingelte, war ich schon sehr gespannt, wem

wir begegnen würden. Irgendwie hatte ich mit einem alten gestrengen Herrn gerechnet, doch es öffnete uns dann ein großer, kräftiger Mann mit gestutztem Bart, einer weißen Tunika und weißen Hose, vielleicht gerade mal in den Vierzigern, nicht viel älter. Dennoch waren wir beide etwas verlegen und auch Chiara brachte zunächst nur ein bescheidenes »Hello« hervor, während sie mit dem riesigen Blumenstrauß samt Rosen und Lilien etwas ungeschickt herumwedelte. Ich hatte mich so sehr an ihre stets unkonventionelle Kleidung gewöhnt, dass ich erst jetzt genauer hinschaute. Okay, schwarze zerrissene Hose und auf dem ebenfalls schwarzen T-Shirt stand heute: »I'm not a Nerd.« Das konnte man durchgehen lassen. So nerdig sah der Imam gar nicht aus. Dass er daran etwas Anstößiges finden würde, war daher wohl eher auszuschließen.

Etwas überrascht, aber freundlich fragte er uns nach unserem Anliegen, während er den großen Blumenstrauß interessiert begutachtete. Chiara antwortete ihm auf Englisch: »Wir suchen nach Laith. Den Nachnamen kennen wir nicht. Ein ungefähr achtzehnjähriger Junge. Flüchtling aus Afghanistan, der es allein nach England geschafft hat. Er soll jetzt hier in Canterbury untergebracht sein.«

Imam Ravani hob erstaunt die Augenbrauen, dann bat er uns, in sein Haus einzutreten. Chiara und ich sahen uns an, sie zuckte die Schultern, drückte dem Imam endlich die Blumen in den Arm, der daraufhin den Duft der Lilien einatmete, zufrieden lächelte und uns vorausschritt in einen Wohnraum, aus dem fröhlicher Kinderlärm drang. Drei Kleinkinder sprangen uns entgegen, die Herr Ravani auf freundliche Weise verscheuchte. Dann entfernte er ein paar Spielsachen vom Sofa und bat uns, Platz zu nehmen. Er holte schnell eine Vase für die Blumen, eine Flasche Wasser und Gläser, und bot uns etwas zu trinken an.

Der Raum war hell und freundlich eingerichtet, Bilder mit arabischen Ornamenten schmückten die Wände, viele Grünpflanzen machten das Zimmer sehr wohnlich und ließen den Pflanzenliebhaber erkennen. Und hier und da Spuren eines fröhlichen Kinderhaushalts.

»Herzlichen Dank für die wundervollen Blumen. Es sieht so aus, als wären Sie bei Alisha gewesen … sehr schön … ja, Laith suchen Sie also …«

Chiaras Augen weiteten sich und sie sah Ravani hoffnungsvoll an. Alisha hatte recht gehabt und ich mit meinen Zweifeln also nicht? Sollte Chiara schon wieder, auf völlig unwahrscheinliche Weise, mit ihrer Suche Erfolg haben? Sie hatte ja tatsächlich oft den richtigen Riecher gehabt. Doch im nächsten Augenblick enttäuschte der Imam uns. »Ja, der war hier … aber seit zwei Stunden nicht mehr.«

»Non è vero!«

Mein erster Gedanke war, dass Laith sich genauso aus dem Staub gemacht hatte wie bei uns. Gespannt wartete ich, was der Imam erklären würde.

»Ich glaube schon, dass er sich hier wohl gefühlt hat und seine Abreise kam auch unerwartet. Aber plötzlich stand hier ein Mädchen vor der Tür.«

»Seine Schwester?«, rief Chiara erstaunt.

»Nein, es war sicher nicht seine Schwester. Ein blondes, blasses Mädchen, sie sprach Deutsch mit Laith. Ich weiß nicht, wie ich es sagen soll. Sie wirkte auf mich sehr erschöpft, durcheinander, gehetzt.«

Chiara und ich schauten uns an. »Emily?«

Ravani zuckte mit den Schultern. »Sie hat sich nicht einmal vorgestellt. Ich habe die beiden eine Weile allein gelassen. Es schien Gesprächsbedarf zu bestehen. Mir kam es auch so vor, dass Laith gezögert hatte.«

Chiara war empört. »Ja aber, warum ist er dann gegangen? Was hat er Ihnen erklärt?«

»Das war etwas verwirrend. Das muss ich zugeben. Sie müssten eine Freundin suchen und wenn sie sie finden würden, würde sich alles aufklären. Dann wäre er frei.«

»Si, aber …«

Ich formulierte Chiaras Gedanken aus: »Es ist gut, dass Emily wieder da ist. Immerhin gilt sie als vermisst. Aber anscheinend fehlt Sarah immer noch. Und wenn Laith zusammen mit Emily nach ihr sucht, dann begibt er sich erneut in

Gefahr. Nach ihm wird immer noch gefahndet. Das ist keine so gute Idee. Es sei denn, beide haben vor, sich bei der Polizei zu melden.«

Herr Ravani gab mir recht.

Chiara fragte ihn, ob er denn wüsste, wohin die beiden fahren wollten.

»Ja. Nach Brighton.«

Ungläubig fragte ich: »Nach Brighton?«

Imam Ravani sah fast etwas amüsiert aus. »Well, da ist es sehr schön.«

»Ja, aber was hat das mit der Suche nach Sarah zu tun?«

Ravani strich sich mit der Hand über den Bart. »Ich kann es Ihnen nicht sagen. Ich konnte ihn nicht festhalten. Auch wenn ich ihm geraten habe, das Ganze zu überdenken.« Er legte eine kurze Pause ein, sah nachdenklich aus. Dann fuhr er fort: »Wissen Sie, Laith ist nicht der erste Flüchtling, um den ich mich kümmere. Vor allem 2015 und 2016 waren es sehr viele. Damals konnte man freilich auch noch viel leichter hier rüberkommen. Wirklich einfach gestaltete es sich aber auch da schon für keinen von ihnen. Es gab fast immer das gleiche Problem – die Wünsche und Vorstellungen unterschieden sich zu sehr von der Realität hier.«

»Merda. Und bei Laith sieht es genauso aus?«

»Nein, ich glaube, der Junge ist wirklich intelligent und

hätte das Zeugs dazu, hier Fuß zu fassen. Wäre diese unglückselige Sache mit den vermissten Mädchen nicht dazwischen gekommen – seine Chancen wären gar nicht mal so schlecht. Außerdem hat er einen Onkel hier in England. Auch kein ganz unwichtiger Faktor.«

»Ein Onkel? Wo denn? Und warum hat er ihn nicht sofort aufgesucht?«

»Ja, das ist tatsächlich tragisch. Das war wohl sein ursprünglicher Plan. Ich weiß es nicht genau, wo der Onkel lebt. So weit kamen wir im Gespräch nicht mehr. Ich glaube aber auch irgendwo im Süden Englands. Jedenfalls hat sich Laith stattdessen an der Küste herumgedrückt und auf seine Schwester gewartet. Völlig aussichtslos, wenn Sie mich fragen. Eine junge Frau, die es allein ohne konkreten Plan hierüber schaffen will, es kann nicht klappen oder jedenfalls nicht gut gehen …«

»Mio Dio! Und dann sind die Mädchen verschwunden, vermutlich genau in dem Moment, als er sich aufmachen wollte.«

Ravani nickte. »Ja, so sieht es aus.«

Emily war nun wieder da. Aber Sarah fehlte. Mich interessierte, wie Ravanis Meinung zu der Sache war. »Glauben Sie, Laith wird zu Unrecht wegen Sarah verdächtigt? Hat er gar nichts mit ihrem Verschwinden zu tun?«

Der Imam zögerte. »Ich habe Laith nur kurz kennengelernt. Natürlich habe ich ihn gefragt. Er hat sehr impulsiv reagiert. Dass er sie nicht leiden konnte, aber kaum ein Wort mit ihr gesprochen habe. Geschweige denn, sie angerührt habe. Aber auch ich kann nicht in Menschen reinschauen. Er wirkte trotz allem nervös und nachdenklich. Das muss ich zugeben.«

Ich musste über seine Worte nachdenken. Also konnte auch Ravani nicht sicher sagen, ob Laith wirklich nichts mit Sarahs Verschwinden zu tun hatte. Dass sie jetzt auf dem Weg nach Brighton waren, passte nicht zu der Suche nach ihr.

Das sah auch Chiara so. »Das ist komisch. Was sollte Sarah da schon allein machen? Vielleicht ist Laith aber auf dem Weg zu seinen Verwandten?«

»Ja, vielleicht. Vielleicht ist er aber auch nur auf der Flucht oder dieses Mädchen hat ihm irgendwelche Flausen in den Kopf gesetzt. Vielleicht wollen die beiden auch nur ihre Freiheit genießen, bevor sie es nicht mehr können? Schwer zu sagen …« Herr Ravani bedauerte, uns nicht weiterhelfen zu können.

Chiara wurde unruhig. Ich merkte, dass sie aufbrechen wollte und so verabschiedeten wir uns von Imam Ravani, der sich nochmals für die Blumen bedankte und uns viel Glück bei unserer Suche wünschte.

Noch während wir uns auf den Rückweg zum Bahnhof machten, fragte Chiara mich: »Wie weit ist Brighton?«

Ich hatte geahnt, dass diese Frage kommen würde. Wo Brighton lag, wusste ich nur ungefähr, auf jeden Fall nicht wirklich neben Canterbury. Ich wählte die Kartenapp auf meinem Handy und gab Brighton ein. »Das ist ein gutes Stück entfernt. Mindestens drei Stunden mit dem Zug. Und der fährt auch nur jede Stunde.«

»Mal vorausgesetzt, sie wollen nicht nur für eine Nacht bleiben, könnten wir sie wieder einholen, wenn …«

»Wenn was?« Obwohl ich wirklich nicht wusste, ob das hier Sinn machte, war ich gespannt, was sie sich ausgedacht hatte.

»Na ja, Sid. Der Mini im Carport, du erinnerst dich? Ich habe die Schlüssel in meinem Zimmer gefunden. Mit einem Zettel von Tory …« Chiara grinste.

»Was stand auf dem Zettel?«

»Da stand: ›Wenn Sie doch zwischendrin das Bedürfnis nach einem Roadtrip haben, es ist zwar kein italienischer Pickup, aber ich finde, der Mini passt auch gut zu Ihnen‹.«

»Stimmt irgendwie. Na dann, musst du ja nur noch Chan von diesem Trip überzeugen.«

»Nein, Sid. Erstens weiß ich, dass Chan morgen wieder fahren muss und seine freie Woche um ist, zweitens hätte er, wie du richtig erkannt hast, eh keine Lust zu so einer Aktion. Und drittens: Roadtrips sind allein uns beiden vorbehalten. Wir sind hier das Team. Du und ich.«

Ich war völlig baff von ihren letzten Worten. Es rührte mich und dennoch tat es auch verdammt weh wegen des vorigen Abends. Den ganzen Tag hatte ich keine Lust auf Chiaras Erklärungen gehabt, doch jetzt wollte ich es wissen.

»Aber … von wegen, wir sind das Team … was war das gestern mit Chan?«

Wir waren bereits am Bahnsteig angekommen. Chiara blieb stehen und sah zu Boden. Dann sprach sie zögernd: »Tory will uns ja anscheinend die Freiheit suchen lassen. Das gestern war auch ein Stück Freiheit. Freiheit ist auch dazu da, vielleicht Fehler zu machen …«

»Dann siehst du es also als Fehler an … das mit Chan?«

»Ja. Chan ist ein … wie sagt man? Ein Luftikus, er ist jemand für gute Zeiten. Er ist lustig, ja. Und charmant. Aber auch oberflächlich. Du dagegen Sid, du bist mir wirklich wichtig. Ich wollte dich echt nicht verletzen. Es tut mir schrecklich leid. Ja, es war ein Fehler …«

Chan oberflächlich? Ja, leider hatte ich auch den Eindruck gehabt. Warum Chiara sich dennoch mit ihm eingelassen hatte, blieb die Frage. Aber es war trotzdem ein kleiner Trost, dass ich ihr wichtig war.

»Nun gut, dann schauen wir mal, ob deine Idee für morgen ein Fehler sein wird oder nicht.«

Chiara lächelte. »Du wirst also mitkommen?«

»Ja klar…«

Der Zug traf ein und wir fuhren zurück nach Rye.

Laith

Eigentlich bedeutete damals für uns jedes andere Land die große Freiheit. Das bisschen, was wir über Europa wussten, sah für uns, gemessen an dem, wie das Leben in Afghanistan war, aus der Ferne aus wie das Paradies. Zu leben, wie und wo man will, seine Meinung frei zu äußern, Zugang zu allen Berufen oder Freizeitmöglichkeiten zu haben – damals in Kabul unvorstellbar. Aber das Entscheidende war, nicht täglich Angst haben zu müssen. Explosionen von Autobomben, Sprengsätze am Straßenrand oder Selbstmordattentate. Dies alles gehörte ganz selbstverständlich zum Alltag dazu. Wir alle waren daran gewöhnt, jede Sekunde aufzupassen, immer Ausschau zu halten. Natürlich hatten wir letztlich noch Glück, in der Stadt zu leben. Das Leben auf dem Land ist in Afghanistan noch um einiges härter. Armut und Kinderarbeit. Eigentlich keine Perspektiven. Wir gingen zur Schule und hatten in den letzten Jahren doch ein bisschen etwas an modernem Leben. Vor allem meine Mutter betonte das immer und hatte lange Hoffnung, dass wieder alles besser würde. Es gab wieder Cafés und Restaurants, man konnte sich auch Videos und Musik-CDs ausleihen und kaufen.

Der Wechsel nach Deutschland war jedoch krass. Die Unterschiede riesig. Sehr vieles war ungewohnt. Der Umgang der Menschen miteinander, die kleinen Familien, ganz ohne Großeltern und sonstige Verwandte, bei uns unvorstellbar. Aber auch diese Sorglosigkeit, Arroganz und Selbstgefälligkeit. Ja, nicht selten stieß mich das ab. Das gebe ich zu.

Wenn ich mir in Deutschland die Bilder von Kabul im Fernsehen anschaute, kam es mir jedes Mal ganz unwirklich vor. Da hatte ich gelebt? Es war fast so, als würde einem Film plötzlich die Farbe fehlen. Anfangs schien Deutschland all das zu bieten, was wir vermisst hatten: Sicherheit, Frieden, unendlich viele Möglichkeiten und doch sprach schon mein Vater sehr bald von einer nur geliehenen Freiheit, einer Freiheit auf Zeit. So normal alles zwischendurch erschien, wir waren nie genauso frei wie alle anderen. Und leider sollte mein Vater recht behalten.

19. Brighton Pride

Samstag, 03.08.19

Chan brach am nächsten Morgen früh auf. Wir hielten fest, uns in London nochmals zu treffen, soweit das zeitlich möglich war. »Be careful, don't get lost bei eure Abenteuertrip.«

Chiara grinste. »Wir werden zumindest hohe Dächer vermeiden.«

Chan lachte auf. »Don't tell me it wasn't worth it. Du musst zugeben: der Blick war fantastic.«

Dann nahm Chan mich noch kurz zur Seite. »Sid, I'm really sorry, my friend. Sie gehört zu dich, ich weiß das.« Er schaute mich dabei ernst an. Ich erwiderte nichts, sondern ließ das mal so stehen.

Am späten Abend hatte ich noch Tory geschrieben, um ihm von unserem geplanten Trip zu erzählen. Ich fragte ihn, ob es für ihn okay wäre, wenn wir auf diese Weise immer noch nicht wieder in London vorbeischauen würden. Tatsächlich hatte ich ein schlechtes Gewissen.

Wie so oft kam seine Antwort prompt:

Mein lieber Sid,

mit einem gewissen Schmunzeln habe ich Ihre Nachricht gelesen. Ich war mir fast sicher, dass Sie von dem Mini Gebrauch machen würden. Geben Sie nur gut acht beim Linksverkehr, das ist am Anfang nicht einfach. Ich hoffe, Sie genießen Ihren Urlaub. Um mich müssen Sie sich dabei keine Gedanken machen. Ganz im Gegenteil, ich nehme gerne aus der Ferne an Ihren Reisen teil und freue mich auf einen spannenden Bericht Ihrerseits.

Es grüßt Sie herzlich

Ihr A. S. Tory

Torys Schreiben beruhigte mich ein wenig. Kurze Zeit später drängte Chiara zum Aufbruch. Sie war tatsächlich etwas aufgeregt. Es reizte sie, erstmals mit einem Mini zu fahren. Aber auch sie hatte Respekt vor dem Linksverkehr.

Wenn ich an Chiaras Fahrstil vor zwei Jahren zurückdachte, wusste ich nicht so recht, wie klug es von mir gewesen war, dem so schnell zuzustimmen.

Wir packten unsere Taschen und mir schwante, dass Chiara durchaus einkalkulierte, länger unterwegs zu sein. Dann ging's auch schon los.

Wir fuhren dreimal im Kreis, bevor wir es aus Rye herausschafften, auch nicht ohne abruptes Bremsen und empörtes Hupen anderer Verkehrsteilnehmer. Zwischendurch wollte Chiara ein paar mal auf die rechte Spur wechseln oder falsch abbiegen. Bereits kurz nach Rye war ich schweißgebadet, umklammerte dabei sowohl die Türhalterung als auch mein Handy, mit dem ich Chiara bei der Routenfindung half.

Erst als wir eine weniger befahrene Landstraße erreichten, konnte ich etwas entspannen.

Chiara forderte mich auf, im Radio einen Sender zu suchen und so fuhren wir mit dem kleinen englischen Gefährt zu BBC1 und britischer Rockmusik durch die englische Landschaft dahin.

Das Wetter war angenehm, es war nicht mehr so heiß, aber die Sonne schien; grüne saftige Wiesen und Felder und kleine Städtchen wechselten einander ab und man hätte das Ganze für einen idyllischen Ausflug halten können, wenn nicht Chiaras unklare Pläne gewesen wären.

Als wir Brighton erreichten, staunten wir nicht schlecht. Wir hatten uns nicht vorher informiert und so trafen wir auf gesperrte Straßen und einen irrsinnig lauten und bunten Trubel wie an Karneval. »Mio Dio, Was ist denn hier los?«

»Ah, ich glaube, ich weiß, was das ist. Das ist diese Gay Parade. Gibt es auch in London. Ich habe davon gehört.

Hier scheint es einen Monat später zu sein.«

»Glaubst du, Emily und Laith sind extra deswegen hierhin gefahren?«

»Hm. Glaube ich nicht. Vermutlich ging es ihnen wie uns. Andererseits, wenn sie das Bedürfnis hatten unterzutauchen, ist das hier natürlich ideal.«

Mit Müh und Not fanden wir einen Parkplatz. Und dann bahnten wir uns den Weg durch das bunte Gewühl, staunend über Hunderte von schrill verkleideten Männern, die durch die Straßen tanzten, laute Musik überall, flanierende und feiernde Menschen. Wow! Was für ein Spektakel! Auch Chiara war völlig fasziniert.

Wir holten uns irgendwann ein Eis und setzten uns auf einen freien Platz auf die Mauer der Strandpromenade, um von dort aus dem Treiben weiter zuzuschauen.

»Allora, so etwas habe ich noch nicht gesehen. Ist ja irgendwie total irre, aber auch cool.«

»Ja, das ist es. Aber ich glaube, es ist ausgeschlossen, die beiden hier zu finden. Ich hatte gar nicht gewusst, dass Brighton so groß ist. Und dann noch dieser Trubel heute. Ein Lesben- und Schwulenfestival. Irgendwie ein kurioses Programm für einen afghanischen Flüchtling auf der Flucht.«

Chiara lachte. »Na, aber ein bisschen hat doch Laith schon Erfahrung mit Karneval. So als Halbkölner.«

»Stimmt. Der Kölner Karneval. Zweimal muss er ihn wohl oder übel miterlebt haben. Dennoch. Nach dem, was Alisha von Afghanistan erzählt hat und was man selbst weiß, muss es immer noch sehr eigenartig für ihn sein, so etwas wie hier zu sehen, oder?«

»Das denke ich auch«, nickte Chiara. »Homosexualität dürfte da wohl echt ein Problem sein. Vor allem frei und öffentlich dazu zu stehen. Wie eigentlich überhaupt ein freies Leben, jedenfalls nach unseren Vorstellungen, dort kaum möglich zu sein scheint.«

Ich deutete auf eines der großen Werbebanner zum Festival. »Das Motto der Pride heißt *Freedom to live*.«

»Passt auch schön zu Torys Frage an uns. Wo wir gerade dabei sind. Sid, was ist denn eigentlich für dich persönlich Freiheit?«

»Puh, das ist so ein großes Thema. Also für mich persönlich ist schon mal Freiheit, hier sein zu dürfen. Da ich noch nicht volljährig bin wie du, hat es auch dieses Mal etwas Befreiendes, dass meine Mutter ihre Erlaubnis gegeben hat. Ich fühle mich dadurch schon etwas besser als bei unseren letzten beiden Malen – auch, wenn sie mal wieder nicht ahnt, was genau wir hier so machen.«

Chiara musste dabei grinsen.

»Ansonsten: ja, Reisen gehört auf jeden Fall dazu, auch, das tun und lassen zu können, was man gerade möchte. Mit den Menschen zusammen zu sein, mit denen man es will …«

»Si, das gehört für mich auch dazu. Aber irgendwie fühlt es sich auch nur dann richtig an, wenn man weiß, dass man frei ist, ganz egal, ob man alle Freiheiten gerade nutzt. Und auch nur dann, wenn man etwas will. Jetzt, da ich das mit der Schule hinbekommen möchte und mich auch niemand dazu gezwungen hat, fühlt es sich gut an. Damals dagegen, als ich mit der Schule aufgehört habe, bedeutete sie für mich alles andere als Freiheit.«

Was Chiara da gesagt hatte, fand ich interessant. »Das passt ein bisschen dazu, was ich in Canterbury gelesen habe. In einem der Bücher dort. Du weißt, dieser alte Erzbischof Anselm. Der war anscheinend auch irgendwie der Meinung, dass es eine Willens- und Kopfsache ist.«

»Das ist ja spannend. Hm, auch wenn Laith und Emily jetzt hier durch die Gegend schwirren. Wirklich frei sind sie dann nicht. Weil sie wissen, dass es auf Zeit ist. Ich weiß nicht, ob ich mich damit so wohl fühlen könnte.«

Ich musste Chiara recht geben. »Stimmt … wo wir gerade von ihnen sprechen …« Ich ließ den Blick durch die Menge schweifen. »Ich glaube, sie hier zu finden, ist wie ein Sechser im Lotto.«

»Da hast du wohl recht. Was soll's.« Chiara deutete auf den Pier, auf dem sich ein Riesenrad und mehrere Achterbahnen befanden. »Dann machen wir uns eben einen netten Tag.«

Und so stürzten wir uns ins Vergnügen, fuhren Achterbahn, bis uns schwindlig wurde, aßen Fish and Chips, tranken Ale und Cider und schauten aufs Meer hinaus, verprassten unser Geld im Spielcasino und sahen uns die Musik- und Kunstdarbietungen bis zum späten Abend an.

Im Überschwang tanzte Chiara eine Runde mit einem besonders abenteuerlich ausstaffierten männlichen Pärchen: verdammt kurze Tigerminishorts, bauchfreie, dazu passenden Tops und Federboas. »Sid, sei kein Frosch und mach mit.«

Ich suchte nach einer Ausrede. Aber da zog der eine der beiden mich schon an sich, gab mir lachend einen Kuss, teilte sein Entzücken seinem Freund mit: »What a lovely guy«, und so drehte ich mit dem leicht bekleideten Herrn ein paar Runden, während ich selbst tausend Tode starb. Es war vermutlich seit langem das Peinlichste, was ich gemacht hatte. Und nein, ich hatte nichts gegen die beiden. Aber mit ihnen tanzen? Das musste wirklich nicht sein. Chiara dagegen bog sich jedoch vor Lachen.

Mit ihrer mir allzu vertrauten Neugier begann Chiara anschließend ein Gespräch mit ihnen, wollte wissen, woher sie kamen, seit wann sie ein Paar waren und wie sie mit Vorurteilen oder offener Ablehnung umgingen. Brian und Gareth, so hießen die Männer, setzten sich zum Gespräch mit ihr auf die Piermauer und erzählten von ihren unterschiedlichen Erfahrungen. Während Brian sehr früh seine Zuneigung zu Männern auch seinen Eltern anvertrauen und sich offen dazu bekennen konnte, hatte Gareth sehr lange unter Hänseleien, auch offenem Hass und dem ständigen Leugnen gelitten. Beide waren sich vor zwei Jahren erst begegnet, lebten in Brighton und waren dort glücklich.

Gareth erklärte: »Es ist ein bisschen wie London, nur kleiner und am Meer. Aber modern, lebendig und sehr hip und frei. Hier kannst du leben, wie du willst. Fast.« »Ja, fast«, grinste Brian. »Das nötige Kleingeld brauchst du auch, sonst sieht's nicht so lustig aus. Die Mieten hier sind der Hammer. Und Gareths Lebensstil ist auch nicht gerade billig.« Er knuffte ihn liebevoll in den Arm.

Chiara fragte dann: »Wie begegnen euch eigentlich so in der Regel Muslime? Haben sie Verständnis für eure Lebensart? Habt ihr damit irgendwelche Erfahrungen?«

Ein bisschen war ich überrascht über Chiaras Frage und auch gespannt, was Brian und Gareth antworten würden.

Gareth legte den Kopf schräg. »Ohh … schwierig. Das kommt drauf an. Aber so richtig toll finden es die meisten nicht. Das ist ganz klar. Unser Nachbar Fared hat heute morgen, als wir losgezogen sind, ganz schnell die Kinder reingeholt und uns keines Blickes gewürdigt.«

Chiara grinste. »Aber euer Kostüm ist auch echt speziell.«

»Ja, mein Mädchen, nicht wahr?« Sie spaßten noch eine Weile herum. Den Grund, warum wir eigentlich nach Brighton gefahren waren, hatte ich zwischendurch immer mal wieder vergessen, erinnerte mich aber durch Chiaras Frage wieder an Laith.

Wie aber bereits erwartet, begegneten wir Emily und Laith nicht. Wir verabschiedeten uns von Gareth und Brian. Und es stellte sich die Frage, ob wir zurück nach Rye fahren sollten, um dort zu übernachten. Doch hatte Chiara keine Lust auf Linksverkehr im Dunkeln und ich ehrlich gesagt auch nicht. Zudem wären das noch einmal gut zwei Stunden gewesen und sie hatte ja auch zwischenzeitlich etwas getrunken. Also berieten wir uns, wo wir übernachten sollten. Wir googelten nach Jugendherbergen, fanden schließlich eine, die sogar in der Nähe war und bekamen noch jeder ein Zimmer. Einigermaßen erschöpft warf ich mich auf das Bett, dachte über den Tag nach, der so ausgelassen, heiter und verrückt war, über Chiara, über das mehr als fragwürdige Unterfangen, zwei uns im Grunde genommen unbekannte junge Menschen auf ihrer Irrfahrt durch England zu verfolgen … dann schlief ich ein.

20. Stonehenge

Sonntag, 04.08.19

Nach dem Frühstück und dem Auschecken war auch Chiara etwas ratlos, wie wir unsere Fahrt fortsetzen sollten.

»Hast du irgendeine Idee, wo wir sie suchen können? Sollen wir länger hier in Brighton bleiben?«

Ich schüttelte den Kopf. »Das ist eine große Stadt. Auch wenn *The Brighton Pride* morgen vorbei ist, wird es immer noch ungeheuer schwierig und extrem unwahrscheinlich sein, Laith und Emily hier zu finden. Ich könnte mir auch denken, dass sie weitergefahren sind. Vor allem, wenn sie nicht Urlaub machen, sondern ein Ziel haben und Brighton nur eine Zwischenetappe war.«

Chiara sah sehr enttäuscht aus. Und in dem Moment tat sie mir echt leid. Sie war kein Mensch, der so schnell aufgab und warum auch immer – ihr von Laith gestohlener Ausweis konnte es wohl kaum allein sein – sie hatte sich darauf fixiert, Laith zu finden und ihm zu helfen, ohne vermutlich zu wissen, wie.

Da erinnerte ich mich an eine Bemerkung Neles an unserem ersten Tag am Strand: »Sowohl Nele als auch Sarah hatten sich letzte Woche über Emily lustig gemacht. Nele hatte gemeint, Emily würde nur noch ihre Zeit mit Laith verbringen und mit ihm am liebsten auch nach Stonehenge fahren wollen. Erinnerst du dich?«

Chiara entgegnete erstaunt: »Ehrlich gesagt, nein. Aber wenn du das sagst, wird es wohl stimmen. Du meinst, sie könnten vielleicht dahin weiterfahren?«

Ich zuckte mit den Achseln. »Nur so eine Idee. Vielleicht auch völliger Blödsinn. Aber das ist der einzige Ort außer eben London, der mir einfällt und dessen Name mal genannt wurde«

»Sid, da fahren wir hin! Und egal, wenn wir sie nicht antreffen, sehen wir eben Stonehenge.«

Ich musste lächeln. »Ja, dann machen wir das.«

Und so fuhren wir mit dem Mini wieder los, kurbelten die Fenster herunter, stellten abermals BBC1 ein und gelangten auf diese Weise von East Sussex nach Wiltshire. Um uns herum wogende Felder, wieder zahlreiche kleine Ortschaften, die alle so etwas old fashioned aussahen, wie aus irgendeinem englischen Film. Dank gerader Strecke war der Linksverkehr auch ein bisschen besser zu verkraften.

Wir erreichten Stonehenge in der Mittagszeit. Schon von der Ferne aus konnte man auf einem Hügel das berühmte

Steinmonument erblicken.

An einem Rastplatz am Rande der Straße hielten wir an.

»Okay, Chiara, da sind wir also …«

Chiara lehnte sich zurück. »Ja, da sind wir … Was soll's. Es ist einen Versuch wert.«

Sie zeigte zu den vielen Touristen, die darauf warteten, die alten Steinkreise zu besichtigen. »Stonehenge ist gut besucht. Aber ansonsten ist das hier eine ziemliche Einöde. Wenn auch mit eigenem Bahnhof. Wenn sie hier wirklich zufällig sind, gibt es eine kleine Chance.«

Chiara schaute sich um. »Laith hatte ein Zelt dabei. Es ist wieder warm und trocken. Dann ist es hier in den Feldern zumindest nachts ideal. Auch ganz romantisch irgendwie …«

»Du glaubst also nicht, dass sie in einer Jugendherberge übernachten oder auf einem Campingplatz?«

Chiara schüttelte den Kopf. »Nein, eher nicht. Beide werden gesucht. Vor allem Laith.«

Sie betrachtete die Warteschlangen. »Ich glaube aber, es lohnt sich auch, da mal genauer hinzuschauen.«

Also begaben wir uns zur Kasse, zahlten den stattlichen Preis für eine stattliche Wartezeit und ein in der Tat ebenso stattliches Steinmonument.

»Früher gab es hier echt heiße Events rund um Stonehenge«, wusste Chiara zu berichten. »Schade eigentlich, auf so etwas hätte ich auch Lust gehabt.«

»Um Steinkreise tanzen. Na ja, ich weiß nicht so recht, ob das so mein Ding wäre.«

Chiara lachte. »Och. Wäre zumindest mal was anderes. Ist allerdings mittlerweile nicht mehr erlaubt. Jedenfalls finde ich es faszinierend, dass die Menschen vor Tausenden von Jahren zur Sonnenwende genau hier um die Steine gesprungen sind und wild gefeiert haben.«

»Sie müssen wohl italienisches Blut in den Adern gehabt haben.«

»Certo! Aber ich glaube, das können die Engländer auch. Beim Glastonbury Festival geht glaube ich jedes Jahr ganz schön was ab, das hätte ich auch mal gerne miterlebt. Ist aber schon vorbei. Findet nämlich auch immer so zur Sonnenwende statt, um den einundzwanzigsten Juni herum.«

»Wow, was du alles weißt. Aber ja, ich kenne das auch. Legendär und stimmt, da wäre ich auch mal gerne gewesen.«

Wir blieben lange und hielten Ausschau. Laith und Emily konnten wir jedoch nirgends entdecken.

Mittlerweile war es schon später Nachmittag geworden.

»Und nun? Was sollen wir machen? Wieder zurückfahren? Bis morgen warten?«

Aber Chiara war irgendwie begeistert von der Idee, in den Feldern von Stonehenge zu übernachten und so ergatterten wir am Kiosk vom in der Nähe gelegenen Campingplatz ein kleines Zelt, Schlafsäcke und Isomatten. Der Imbiss war sogar ganz nett und wir setzten uns dorthin, nahmen englische Ingwerlimonade, Coke, Steak and fries zu uns.

Chiara griff das Thema Emily und Laith wieder auf.

»Was glaubst du, warum entfernen sich die beiden von Rye und haben aber Ravani gesagt, sie würden nach Sarah suchen?«

»Hm. Schwer zu sagen. Es hat mich auch sehr gewundert. Ich versteh nicht, warum Emily zuerst verschwunden ist und warum Laith sich nun doch darauf eingelassen hat, mit ihr durch die Gegend zu ziehen, obwohl er das doch zwischendrin nicht wollte.«

»Allora. Beziehungskiste halt.«

»Was meinst du damit?«

Sie grinste mich an. »Na ja, manchmal weiß man halt nicht, was man will. So wie Hamlet.«

»Ahh, aber du weißt doch immer, was du willst, dachte ich …«

» … Nein. Nicht immer.«

»Hm. Aha …« Ich wusste nicht so recht, was ich darauf entgegnen sollte und wechselte daher lieber das Thema. »Aber was ist mit dieser Sarah? Und warum hat sich Emily nicht bei Nele gemeldet? Selbst wenn sie sich gezankt haben, so etwas tut man doch niemandem an.«

Chiara zuckte die Achseln. »Ja, das bleibt seltsam. Ich habe vorhin noch einmal nachgeschaut. Die Vermisstenmeldung gibt es immer noch. Keine Spur von Sarah und angeblich auch nicht von Emily und Laith. Aber das wissen zumindest wir besser.«

Es dämmerte bereits. »Lass uns einen Platz für das Zelt finden. Da mitten in den Feldern.«

»Das willst du wirklich machen? Du hast keine Angst vor Tieren oder so? Und, na ja, erlaubt ist es bestimmt auch nicht.«

»Ach Sid, einmal dem Geist von Stonehenge nah sein. Das ist schon cool! Vermutlich unsere einzige Chance. Vergiss mal, was erlaubt ist oder nicht.«

Ich beschloss, keine Spaßbremse zu sein und so deckten wir uns noch mit Getränken und etwas zu essen ein, dann fuhren wir mit dem Mini ein Stück weiter, stellten ihn schließlich in einen Seitenpfad ab, und suchten uns einen Platz inmitten der Felder. Mit ein paar Fehlanläufen schafften wir es auch, das Zelt aufzubauen.

Als es endlich stand, setzten wir uns davor und ich suchte Musik auf meinem Smartphone heraus. Irgendwie musste jetzt etwas her, das für Chiara die wilden Hippiezeiten rund um Stonehenge aufleben ließ. Sie war ganz begeistert von der Idee und sprang kurz darauf durch die hohen Gräser und tanzte auf alles, was ich so finden konnte. Während dann *Woodstock* von *Crosby Stills & Nash* lief, färbte sich der Himmel rot, und von unserem Plätzchen inmitten der Felder von Wiltshire beobachteten wir andächtig, wie auch die prähistorischen Steine erröteten und schließlich in blauer Dunkelheit versanken.

Erst dann bemerkte ich, dass ich mit Chiara zusammen in einem recht kleinen Zelt übernachten würde.

Laith

Nachdem klar war, dass unser Aufenthalt in Deutschland nicht mehr verlängert wurde, brach für uns alle eine Welt zusammen. Am wenigsten vielleicht noch für meine Mutter, die mangels Außenkontakten keinerlei Bezug zum Land bekommen hatte und trotz allem Kabul vermisste, ihre Verwandten, und ganz sicher auch das Kabul, das sie einst gekannt hatte. Für meine Schwester Nesrin und mich jedoch war es so, dass wir uns ein Leben dort nicht mehr vorstellen konnten. Ab da begann ich zu überlegen und zu planen und fand heraus, dass in England, sofern man es dahin schaffte, die Chancen auf Asyl immer noch am größten waren. Außerdem klang alles, was ich von England kannte, nicht schlecht und – das war ein nicht unwichtiges Argument – ich hatte einen Onkel dort – er hatte es vor Jahren nach England geschafft. Und auch wenn wir zu ihm bislang wenig Kontakt hatten, wollte ich ihn auf jeden Fall aufsuchen.

Das Entscheidende und das Schwierigste war, ich brauchte dringend Geld und auch einen Plan, um rüber zu kommen.

21. Catch me

Montag, 05.08.19

Im Morgengrauen wachte ich auf. Chiara schlief tief und fest. Sie lag dicht neben mir und schnaufte mir leise ins Gesicht. Leicht verwundert und auch ein bisschen gerührt betrachtete ich sie. Mit ihr machte man wirklich die verrücktesten Sachen. Es wäre mir vorher nicht im Leben eingefallen, hier einfach unterhalb der Steine von Stonehenge im Freien zu übernachten oder aber einem Flüchtling und seiner augenscheinlich leicht durchgeknallten deutschen Freundin zu folgen.

Vorsichtig erhob ich mich, befreite mich aus meinem Schlafsack und kroch aus dem Zelt. Um uns herum Stille. Stonehenge lag einsam, befreit von den Touristenscharen da. Ich sah mich um. Keine Menschenseele. Ich atmete tief durch und ja, das hier war gut. Und ich hatte irgendwie auch das Gefühl, dass Tory genau so etwas meinte, als er sagte, wir sollten die Freiheit suchen. Ich ließ den Blick durch die friedliche Landschaft schweifen und hing meinen Gedanken nach.

Doch da! Was war das? Ich blinzelte. In der Ferne zogen zwei Gestalten durch die Felder. Ein junger Mann und ein

Mädchen. Beide mit schweren Rucksäcken beladen. Konnten sie es sein?

Sollte ich Chiara wecken? Doch dann würde ich sie vielleicht schon aus den Augen verlieren. Schnell zog ich mir meine Schuhe und den Sweater an und schlich geduckt durch die hohen Gräser. Wohin waren sie wohl unterwegs? Nach Salisbury? Zur Bahnstation? Oder wollten sie trampen?

Es gab hier fast keinen Baum auf der weiten Ebene. Sobald sie sich umschauten, würden sie bemerken, dass ihnen jemand folgte. Doch ich hatte Glück. Sie blickten nicht zurück und so folgte ich ihnen bis zur Bahnhofstation, die um die Zeit aber auch noch menschenleer war.

Was sollte ich jetzt tun? Sollte ich mich vielleicht besser zu erkennen geben? Jetzt hätte ich doch gerne Chiara um Rat gefragt. Ich versteckte mich hinter einem parkenden LKW und beobachtete die beiden. Sie betrachteten die Abfahrtspläne und es sah so aus, als wären sie sich nicht ganz einig. Beide wirkten heruntergekommen. Man konnte insbesondere an Emily erkennen, dass sie sehr viel ungepflegter war als noch vor ein paar Tagen. Sie hatte die Kleidung nicht mehr gewechselt, die Haare nicht gewaschen. Ich fragte mich wirklich, was das Mädchen antrieb, mit Laith durch die Gegend zu ziehen.

Ich bekam einzelne Wortfetzen mit. Cornwall? Hatte ich

richtig gehört? Wollten sie dahin? Das hatte dann aber gar nichts mehr mit der Suche nach Sarah zu tun. Wollten sie das überhaupt?

Aber was war das? Emily hockte sich hin, nahm ein Stück Pappe aus ihrem Rucksack, strich etwas durch und schrieb erneut etwas darauf. Dann gingen beide zur Straße und stellten sich mit dem Schild an den Rand. Natürlich, ich begriff. Um die Zeit fuhr noch kein Zug von Stonehenge ab. Warum auch. Es war eh nur ein Sonderzug, der allein dem Museumsbesuch galt. Sie wollten also trampen.

Ich versuchte, die Beschriftung zu erkennen. »Cornwall, St. …« Den Rest konnte ich aus der Entfernung nicht entziffern.

Es fuhren an diesem frühen Morgen nur vereinzelt Autos die Landstraße entlang. Ich überlegte fieberhaft. Wenn sie uns jetzt wieder entkamen, wäre es schwierig, sie noch einmal zu finden. Auch erinnerte ich mich an Chiaras Ausweis. Den zurückzuergattern wäre es schon wert.

Ich gab mir einen Ruck und näherte mich den beiden. Als sie mich sahen, zuckte Emily zusammen, Laith nestelte verlegen an seinem Rucksack.

Als erste fand dennoch Emily ihre Worte zurück. »… Was machst du denn hier? Du bist doch dieser Junge vom Strand?«

Laith nickte. »Das ist Sid. Er ist in Ordnung … aber wie

er hier hinkommt, verstehe ich auch nicht …«

Ich entgegnete: »Zufall. Aber was macht ihr in Stonehenge? Und wohin wollt ihr fahren?«

Emily hielt das Schild verkehrt herum fest an sich gedrückt und hatte augenscheinlich nicht vor, es mir zu zeigen.

»Wir machen Urlaub. Wie du auch. Ist doch nicht verboten.«

Ich sah in ihre müden Augen. Tiefe Schatten standen darunter. Es war gerade mal eine Woche her. Der Unterschied war erschreckend und sie sah wirklich nicht nach Urlaub aus.

»Na, dann könnt ihr auch mit uns kommen. Wir haben zwar nur einen Mini, aber ihr zwei würdet grad noch hinten reinpassen.«

Laith schien tatsächlich darüber nachzudenken und setzte dazu an, etwas zu sagen. Aber Emily schnitt ihm das Wort ab. »Nein danke, wir kommen schon klar.«

In dem Moment näherte sich langsam ein LKW und hielt an. Der Fahrer lehnte sich heraus und rief auf Englisch: »Na ihr drei – wohin des Weges so früh am Morgen?«

Emily eilte sofort zur Fahrertür. Laith blieb unschlüssig stehen. Dann kramte er in seiner Jackentasche und zog den Ausweis von Chiara und einen zerknitterten Geldschein hervor. »Es tut mir leid … Es ist etwas weniger geworden.«

Ich nahm beides entgegen. »Warum fahrt ihr nach Cornwall? Wohin wollt ihr genau?«

»Zu meinem Onkel.« Da rief Emily bereits, dass er sich beeilen sollte, und Laith brach mitten im Satz ab.

Ich konnte noch fragen: »Wie heißt er und was ist mit Sarah?«

Er flüsterte mir zu. »Assadulah, Karif. Und ich weiß nicht, was mit Sarah ist. Ehrenwort! Aber ich glaube, Emily weiß es …«

Ehe ich noch etwas antworten konnte, schwang er sich in den LKW, der sofort darauf davonfuhr.

Ich sah ihm kopfschüttelnd hinterher und betrachtete im Anschluss nachdenklich Chiaras Ausweis und die zerknitterte Pfundnote. Dann trat ich langsam den Weg zurück zum Zelt an.

Chiara schlief noch. Vorsichtig kroch ich ins Zelt und wedelte leicht mit dem Ausweis vor ihrer Nase herum. »Guten Morgen, ich hab hier etwas für dich.« Sie zog ihre Nase kraus, blinzelte, knurrte leicht und setzte an, sich zu beschweren. »Che cosa …?« Dann öffnete sie die Augen und starrte auf den Ausweis, den ich ihr immer noch vor das Gesicht hielt. Ich hatte in dem Moment auch einfach

Spaß daran, ihre Überraschung und Reaktion mitzuerleben. Auch wenn ich mir nicht ganz sicher war, wie sie es finden würde, dass die beiden uns erneut entkommen waren.

»Was …?« Chiara setzte sich ruckartig auf. »Woher hast du den?«

Und so erzählte ich ihr von meiner Zufallsentdeckung und meinen Bemühungen, die beiden aufzuhalten, berichtete auch die paar Informationen, die ich noch bekommen konnte, bevor Emily und Laith mit dem Lkw davongefahren waren.

»Also, sie wollen nach Cornwall zu seinem Onkel. In einen Ort mit Saint. Und du sagst, der Onkel heißt ›Asuda‹ oder so? Und Laith meint, Emily weiß etwas über Sarah?«

Ich nickte. »›Asadu‹ oder so. Oh Mann, so genau weiß ich es auch nicht mehr. Aber Karif war der Vorname und ja, ich bin mir erstmals irgendwie sicher, Laith hat nichts mit dem Verschwinden von Sarah zu tun. Nur aus Emily werde ich nicht schlau.«

»Und den Ortsnamen auf dem Schild konntest du also nicht lesen, aber er ist in Cornwall und du meinst, er fing mit ›Saint‹ an?«

»Ja, er fing ganz sicher mit ›Saint‹ an.«

»Dann lass uns mal schauen, was da in Frage kommt.«

Eben noch müde, war Chiara wieder ganz in ihrem Element. Sie schnappte sich ihr Handy und gab Cornwall und ›Saint‹ ein.

»Saint Austelle?«

»Nein, kürzer.«

»Saint Agnes, Saint Michel, Saint Just, Saint Ives.«

»Hm. Also am ehesten St. Just oder St. Ives.«

»Vielleicht können wir es über den Namen des Onkels eingrenzen.«

Doch weder unter ›Asadu‹ noch unter Ähnlichem gab es etwas. Ich zermarterte mir das Hirn, aber ich konnte mich nicht mehr genau erinnern.

Chiara wühlte sich aus ihrem Schlafsack. »Egal. Wir fahren nach St. Just und St. Ives. Irgendwie spielen die beiden so eine Art Fangenspielen mit uns, so kommt es mir fast vor. Wir kriegen das raus. Ich gebe jetzt nicht auf.«

Ich hatte diesmal auch nichts dagegen einzuwenden. Zum einen, weil ich jetzt auch wissen wollte, was das mit Emily und Sarah war, und zum anderen: die Reise gefiel mir mittlerweile.

22. Just in time

Als wir wieder losdüsten, schaltete ich ohne Aufforderung den Sender ein, die Musik war gut, ich lehnte mich zurück und vertraute mich Chiaras eigenwilligen Fahrkünsten an. Im Radio lief *Vagabonds* und genauso fühlte ich mich auch. Im Grunde hätte sie mich egal wohin fahren können und ich wäre mitgekommen. Erst jetzt merkte ich, wie sehr doch die Anwesenheit Chans, so cool und witzig er war, mich gestört hatte; von der Nacht im Innenhof von Torys Haus mal ganz zu schweigen.

Es war kühl, aber sonnig, und die Landschaft wirklich nett. Wir fuhren über schmale Straßen, umgeben von hochgewachsenen Hecken, an Kuhweiden vorbei, teilweise auch mittendurch, über Schotterwege, landeten manchmal auch in Sackgassen, bis Chiara fluchend umdrehte, doch ich hinterfragte das nicht weiter. Im Zweifel hatten wir ja jetzt das Zelt, auch etwas Proviant. Die Musik und unsere Gespräche gingen auch nie aus. Also alles in allem war das nicht so schlecht. Unser Routenplaner hatte uns vier Stunden Fahrtzeit angezeigt, doch wurden es mit zwei Pausen fast doppelt so viele und es dämmerte bereits, als wir in St. Just ankamen.

Einem kleinen Ort mit hellbraunen alten Steinhäusern, einer uralten Kirche und einem kleinen Hafen an einer zerklüfteten Küste. Als wir durch St. Just fuhren, auf der Suche nach einem Parkplatz, rief Chiara ganz begeistert: »Das hier ist wie Campeto am Meer auf Englisch.«

Ich verbesserte sie. »Eher Cornisch – die sind wie die Waliser und Schotten. Sie sehen sich als etwas anderes.« Seit einer Stunde begleitete uns nicht mehr BBC1, sondern »Radio Cornwall.«

Chiara warf mir einen spöttischen Blick zu. »Hey, machst du jetzt einen auf Schlaumeier oder was?«

Ich lachte. »Nein, ab und an weiß ich nur auch mal was. Aber schön, wenn du dich heimisch fühlst.«

Der Vergleich zu Campeto war wohl das größte Kompliment, das Chiara diesem kleinen Ort machen konnte. Und sie hatte auch recht.

Wir fanden einen Parkplatz, stiegen aus und sogen die kühle Meeresluft ein. »Lass uns schauen, ob wir etwas zum Übernachten finden und dann überlegen wir weiter«, schlug Chiara vor.

Der Ort hatte nicht viele Hotels. Zudem war Hauptsaison und natürlich war es schwer, so spontan freie Gästezimmer zu bekommen. Bei einem winzigen Bed&Breakfast hatten wir schließlich Glück und bekamen eine Unterkunft mit zwei kleinen Zimmern. Die Wirtin sah aus wie eine Art rosiges Sahnetörtchen mit ihrem weißen hochgesteckten Haar, den roten Wangen, der rundlichen Gestalt und dem

Blümchenkleid mit Spitzenkragen. Zudem war sie ganz besonders gesprächig, wobei diese Art zwitscherndes Englisch auch etwas Liebenswertes hatte. Ihr Lieblingswort schien zudem »Lovely« zu sein. Es gelang uns kaum, uns von ihr loszueisen, ohne unhöflich zu sein.

Chiara versäumte es nicht, nach dem Onkel von Laith zu fragen und sich das örtliche Telefonbuch geben zu lassen. Unter den von mir erinnerten Namen gab es jedoch niemanden.

Auf meinem Zimmer, das genauso plüschig rosa-violett war wie Chiaras, und in dem die Zeit seit ungefähr fünfzig Jahren stehengeblieben war, trafen wir uns dann, um zu beraten, wie es weitergehen könnte.

»Entweder der Onkel steht nicht im Telefonbuch oder wir haben doch den falschen Ort erwischt.«

»Sag mal, du hattest dir doch die Handynummer von Abid in Camber geben lassen. Seit Laith nicht mehr in Canterbury ist, ist ja eigentlich der Grund weggefallen, seinen Aufenthalt geheimzuhalten. Vielleicht kann er uns helfen.«

»Mensch, Sid, du hast recht. Daran hatte ich gar nicht mehr gedacht.«

Sie nahm ihr Handy und wählte die Nummer. Da er sich nicht meldete, sprach sie ihm auf die Mailbox. Die Wartezeit nutzten wir, um in dem kleinen Ort nach etwas Essbaren Ausschau zu halten und landeten am Hafen an einem

Cornish-Pastries-Stand. Diese großen muschelförmigen Teigtaschen rochen schon von weitem ziemlich lecker. Chiara meinte, sie sähen aus wie übergroße Ravioli. Ganz sicher hatten sie das Mehrfache an Nährwert, waren dafür mit indischem Curry oder wahlweise Beef gefüllt und einfach ziemlich gut.

Im Hafen klatschten die Wellen an die Felsen und an die Piermauer, es war windig und frisch. Möwen umkreisten uns gierig. Es roch nach Meerwasser und Fisch und auch irgendwie nach Freiheit. Spontan musste ich das wieder feststellen und dachte mir, dass der Onkel von Laith sich nicht die schlechteste Gegend ausgesucht hatte.

Fast hätten wir Chiaras Handy überhört, das leise *The Cure* spielte.

Aufgeregt wühlte sie in ihrer Tasche. »Pronto?«

»Abid?« Sie nickte, als ich ihr die Frage zuflüsterte.

Chiara erzählte Abid kurz, dass Laith nun irgendwo in Cornwall auf der Suche nach seinem Onkel war. Dem Gespräch entnahm ich, dass Abid von Laiths Abreise aus Canterbury erfahren hatte und davon nicht besonders begeistert war. Von dem Onkel hatte er zwar gehört, er wusste aber auch nicht seinen Namen. Chiara war enttäuscht. Da fiel mir auf: wir kannten nach wie vor nicht Laiths Nachnamen. Ich machte Chiara in dem Moment darauf aufmerksam, als sie das Gespräch wieder beenden wollte. Sie fragte

Abid, zog schnell einen Stift und Block aus der Tasche und ließ sich den Namen laut buchstabieren:

»A-s-s-a-d-u-l-a-h.«

Als sie sich bedankte und das Gespräch beendete, wunderte sie sich über mein Grinsen. »Was ist?«

»Laith hat den gleichen Nachnamen wie der Onkel!«

Chiaras Gesicht hellte sich auf. »Echt? Dann lass uns mal schauen, ob wir jetzt mehr herausfinden.«

Wir setzten uns auf eine der Bänke an der Hafenpromenade und gaben Assadulah und Cornwall ein. Und siehe da, nicht in einem der Telefonbuchregister, aber über Facebook wurden wir schließlich fündig. Karif Assadulah. Mit Bild und Ortsangabe. Nicht in St. Just, sondern in St. Ives. Eine genaue Adresse fehlte.

Ich wusste, dass Chiara ihn am liebsten noch an diesem späten Abend angeschrieben und aufgesucht hätte.

»Nee, lass mal. Morgen ist auch noch ein Tag.«

Chiara gab sich schweren Herzens damit zufrieden und so kehrten wir im Dunkeln zurück zu unseren rosa-violetten Plüschzimmern und der Sahnetörtchenfrau.

Laith

Wir waren fast jeden Tag im Jugendheim. Oft hatten sie Nesrin und mir beim Deutschlernen und auch bei den Hausaufgaben geholfen. Wir gingen gerne dahin. Und ich mochte vor allem Alex. Das hat es nicht einfacher gemacht. Er trug an dem Tag eine größere Summe für einen Ausflug bei sich, den er mit den Jungs aus dem Jugendhaus plante. Sein Portemonnaie hatte er zur Seite gelegt und war kurz aus dem Raum gegangen. Da ergriff ich die Gelegenheit, nahm es samt Ausweis an mich und verschwand. Bereits am nächsten Morgen ging ich statt zur Schule zum Bahnhof und nahm den Zug nach Paris. Auch wenn es unendlich schwer fiel, ich verabschiedete mich nicht von meinen Eltern, denn sie hätten mich aufgehalten. Nur Nesrin rief ich noch vom Bahnhof aus an und erzählte ihr, was ich vorhatte, nichtahnend, dass auch sie sich kurze Zeit später auf den Weg machen würde. Ich hätte sie unbedingt davon abhalten müssen. Sie allein war der Grund, dass ich mich weiterhin in der Nähe von Dover aufhielt. Sonst hätte ich mich direkt aufgemacht, meinen Onkel in St. Ives zu suchen. Und dann kamen diese Mädchen und Emily.

23. Botallock Mine

Dienstag, 06.08.19

Am frühen Morgen schickten wir besagten Herrn Assadulah über den Messenger eine Nachricht auf Englisch.

Sehr geehrter Herr Assadulah,

ich hoffe, dass Sie keinen Namensdoppelgänger haben. Ich kontaktiere Sie über den Messenger, da ich keine andere Adresse besitze. Wir – das sind mein Freund Sid und ich – haben Ihren Neffen Laith per Zufall kennengelernt, er hat eine Nacht bei uns gewohnt, ist dann aber ohne Abschied verschwunden. Wir würden Sie und Laith gerne treffen, weil wir ihm helfen wollen.

Viele Grüße, Chiara und Sid

Eine Weile warteten wir, ob sich etwas tat, doch vermutlich war es noch zu früh dafür. Auf seinem Facebook-Profilbild sah Karif Assadulah freundlich aus. Aber was hielt er wohl von dem Besuch Laiths und des deutschen Mädchens? Sofern die beiden überhaupt schon bei ihm eingetroffen waren. Ob der LKW-Fahrer sie wirklich die weite

Strecke bis nach St. Ives gebracht hatte? So abgerissen wie die beiden aussahen, würde sie sicherlich nicht jeder mitnehmen.

Nachdenklich betrachtete ich Chiaras Text auf ihrem Handydisplay. »Glaubst du wirklich, dass wir Laith helfen können oder das überhaupt sollten?«

»Ich weiß es nicht, ob wir ihm helfen können. Vielleicht sind wir ja auch völlig naiv und Laith hat doch etwas mit dem Verschwinden von Sarah zu tun. Aber ich habe einfach das Gefühl, dass dem nicht so ist. Ich möchte auch wissen, warum Emily sich so seltsam verhält. Und ansonsten – wir probieren es einfach.«

»Das sehe ich eigentlich auch so. Ich habe nur die ganze Zeit Bedenken, dass wir uns in etwas einmischen, was uns nichts angeht. Emilys Reaktion war deutlich gewesen, und ich ahne jetzt schon, dass sie nicht begeistert sein wird, uns zu sehen.«

Chiara nickte. »Genau das ist doch so seltsam und für mich ein Grund nachzuhaken.«

»Machen wir nicht vielleicht den gleichen Fehler wie in Holland vor zwei Jahren? Kümmern uns um etwas, das für uns eine Nummer zu groß ist?«

»Sid, ich sehe da im Augenblick nicht die gleiche Gefahr

und möchte auch nicht diejenige sein, die Laith und Emily verpetzt. Und außerdem – du vergisst dabei: Unsere Unternehmungen und Recherchen waren bisher immer zu etwas gut!«

Dann fuhren wir die Küstenstraße entlang Richtung St. Ives. An uns vorbei flogen grüne Sträucher, irgendwelche violetten Heidegewächse und das Meer. Als wir die alten Minentürme sahen, erklärte Chiara spontan, dass sie sich das gerne näher anschauen wollte.

Wir hielten auf einem Schotterweg an. Botallack Mine. Da stand es. Ein altes stillgelegtes Bergwerk, in dem früher Eisen, Kupfer und Zinn gefördert worden war. Ich las den Text auf dem rostigen Schild. Die Mine war vom achtzehnten bis Anfang des zwanzigsten Jahrhunderts in Betrieb, dann wurde sie für immer geschlossen. Über hundert Jahre lag sie nun schon brach. Wind und Salzwasser hatten an den Gebäuden und Fördertürmen sichtbar genagt. Dennoch sah alles hier wirklich faszinierend aus. Wir wanderten über die steinigen Wege hinunter, um uns die Anlagen genauer anzusehen. Auf einem Felsvorsprung setzten wir uns und betrachteten das zerfallene Gebäude. Unterhalb der Ruine schlugen die Wellen beständig gegen die Felsen. Das Meer glitzerte herrlich blaugrün, bis zum Horizont reichend.

»Mio Dio, die Arbeiter hier müssen wirklich schwindelfrei gewesen sein. So eine schöne Kulisse, nur um dann die meiste Zeit tief unter diesen Felsen zu verbringen.«

»Ja, du hast recht. Das ist wohl eh ein harter Beruf. Ich frage mich schon, ob man da irgendetwas überhaupt genießen konnte.«

Chiara schaute auf das Meer. »Seltsam. Es gibt so viele, die hier rüber wollen. Die hier ein Leben in Freiheit erträumen. Und dann merkt man, dass es gar nicht reicht, nur hier zu sein. Dass es vielleicht nur eine Illusion ist.«

»Na ja, wenn du die Bergleute meinst – das war sicher kein Traumberuf. Es war allein dazu da, Geld zu verdienen und seine Familie zu ernähren. Dass da viel Zeit für ein Freiheitsgefühl war, glaube ich auch nicht. Und genauso geht es bestimmt sehr vielen heutzutage. Die werden nicht jeden Tag mit dem Gefühl aufstehen, dass sie im Paradies sind.«

»Ja, da hast du recht. Aber davon abgesehen ist es echt schön hier, obwohl es so alt und verfallen ist, oder? Komisch eigentlich.«

Ich nickte. »Ja, finde ich auch. Es ist ein bisschen so, als wäre noch etwas von der alten Zeit und den Menschen, die hier lebten, übrig geblieben.«

»Ja, stimmt. Es hat auf jeden Fall was.«

Ich dachte weiter darüber nach. »So alte und verlassene Gebäude sind immer auch ein bisschen gruselig, wie bei Krimis, Geistergeschichten. So ein kleiner Nervenkitzel. Nicht zu viel, gerade so, dass es angenehm ist.«

»Hey, du beschreibst das gut. Ja, es ist so ein Gänsehautdings, so halb gruselig und halb schön. So ungefähr …« Sie kitzelte mich leicht im Nacken.

Ich lachte. »Das war jetzt aber nicht wirklich gruselig. Aber schön …«

Nach einer Weile fragte ich Chiara: »Ist es nicht auch so mit diesem Ophelia-Motiv? Angenehm schaurig für den Leser, Hörer oder Zuschauer, obwohl es eigentlich furchtbar ist. In Wirklichkeit.«

Chiara blickte nachdenklich über das Meer. »Ja, das stimmt. Es ist eigenartig und erschreckt einen fast, dass man daran etwas Schönes finden kann. Es zu erleben, ist ganz und gar nicht angenehm … allora …« Sie stand auf. »Zeit, weiter zu fahren. Herr Assadulah wartet …«

24. St. Ives

St. Ives begrüßte uns mit seinen kleinen hellen Häusern, die sich dicht entlang der Bucht aneinanderreihten. Eine schöne Stadt, ein gutes Stück größer als das kleine St. Just. Etwas besorgt fragte ich mich, ob es uns wirklich gelingen konnte, hier Herrn Assadulah, Laith und Emily zu finden.

Wir parkten oberhalb des Stadtbereichs, blieben noch im Auto sitzen und warteten auf eine Antwort von Laiths Onkel.

Es dauerte eine ganze Weile. Dann erschien auf Chiaras Handy eine Nachricht.

Liebe Chiara, etwas überrascht habe ich Ihr Schreiben an mich gelesen. Laith ist zusammen mit einer Freundin erst vor knapp einer Stunde bei uns eingetroffen. Ich selbst arbeite bis heute Abend, aber meine Frau ist zu Hause. Rufen Sie sie an und sprechen mit ihr alles Weitere ab.

Viele Grüße K. Assadulah

Nachfolgend schickte er eine Handynummer.

»Prima, dann wollen wir das doch gleich mal machen.«

Chiara wählte die Nummer, stellte auf Laut, damit ich

mithören konnte. Eine Frauenstimme meldete sich. Etwas gehetzt und nervös.

Chiara bemühte sich, unser Anliegen auf Englisch zu erklären. Sie fragte nach der Adresse und ob wir vorbeikommen könnten. Die Frau zögerte, nannte dann Straße und Hausnummer und machte eine Uhrzeit am Mittag mit uns aus.

In der Wartezeit liefen wir durch die Innenstadt von St. Ives. Anders als in St. Just wechselten sich hier zahlreiche Restaurants und Geschäfte ab. Es gab auch viele kleine Gassen mit bonbonfarbenen winzigen Wohnhäusern. Größere und kleinere, bunte Holzboote schaukelten in dem weiten Hafenbecken. An einem Straßenstand kauften wir uns Kaffee und Sandwichs, setzten uns dann auf die Hafenmauer und genossen die Sonne an diesem Vormittag.

Die Familie Assadulah wohnte in einem Mehrfamilienhaus etwas außerhalb der Stadt.

Spätestens, als sich die Tür zu der kleinen Wohnung öffnete und eine jüngere Frau in einem dunklen Hauskleid und Kopftuch, mit einem Baby und zwei weiteren Kleinkindern am Rockzipfel öffnete, kam mir die Frage, ob man hier überhaupt Platz hatte für Emily und Laith.

Frau Assadulah führte uns in die Küche. Da waren nun die beiden. Der Flüchtling und das Mädchen.

Und fast konnte ich es nicht glauben, dass wir diesen beiden uns im Grunde fremden Menschen ein paar Tage gefolgt waren und sie aller Wahrscheinlichkeit zum Trotz auch wieder gefunden hatten. Und nun saßen sie völlig unspektakulär vor uns an einem Küchentisch.

Emily sah allerdings noch ein Stück elender aus und noch weniger begeistert als schon am Vortag. Laith dagegen lächelte etwas verlegen.

Frau Assadulah forderte uns dazu auf, Platz zu nehmen und reichte etwas zu trinken.

Emily kniff den Mund leicht zusammen und starrte Chiara mit deutlichem Misstrauen an. Laith murmelte, dass es ihm leidtäte, »mit dem Geld und so …«

Chiara nickte nur. Kurze Zeit schwiegen wir alle. Laith schob seinen Löffel in einem mittlerweile leeren Suppenteller herum, Emily starrte in ihr Wasserglas.

Schließlich unterbrach Chiara die Stille. »Laith, hast du endlich etwas von deiner Schwester gehört?« Ohne aufzublicken, antwortete Laith. »Ja, sie ist wieder zurück nach Köln …«

Damit hatte ich nicht gerechnet. Ich war erleichtert. Das war gut! Wenigstens eine Vermisste weniger!

Auch Chiara rief erstaunt aus: »Oh, zum Glück! Da musst du doch froh sein! Du hattest dir solche Sorgen gemacht!

Das ist in jedem Fall besser, als wenn sie ganz alleine umherzieht und ihr noch etwas Schlimmes passiert.«

»Das stimmt wohl. Aber sie ist trotzdem nicht darüber glücklich. Bald werden meine Eltern und sie zusammen zurückgehen. Ohne mich …« Laith war die Anstrengung der letzten Tage deutlich anzusehen. Er rieb sich die Augen und starrte dann wieder auf den leeren Teller vor sich.

»Hm. Das ist schlimm. Trotzdem gibt es vielleicht eine Perspektive hier für dich. Bleibt nur noch Sarah …«, Chiara blickte dabei zu Emily, die immer noch schwieg.

»Ich warte ab, bis man Sarah findet und sich aufklärt, dass ich damit nichts zu tun habe …«, entgegnete Laith.

Es war wieder in den Nachrichten gewesen. Ich fragte mich, ob Abwarten wirklich eine Lösung für ihn war. »Und wenn es sich nie aufklärt? Glaubst du nicht, es wäre besser, wenn ihr euch bei der Polizei meldet?«

Laith reagierte nahezu heftig. »Nein!«

Zu Emily gewandt fragte Chiara: »Du hast also auch noch nichts von ihr gehört?«

Doch Emily schüttelte nur den Kopf.

Chiara ließ sich von Emilys Wortkargheit nicht abhalten. »Ihr drei Mädchen wart doch an dem Morgen zusammen im Zelt? Nele meinte, sie hätte fest geschlafen und als sie aufwachte, wären du und Sarah fort gewesen.«

Emily erweckte zunächst den Eindruck, als wollte sie nicht antworten. Dann sagte sie: »Sarah wollte … etwas im Ort einkaufen … glaube ich …« Hastig fügte sie hinzu: »Außerdem fand sie einen von diesen miesen Typen vom Imbiss am Strand gut … vielleicht hat er was mit Sarahs Verschwinden zu tun …«

Chiara hob die Augenbrauen. »Sie wollte etwas einkaufen? Am frühen Morgen? Oh, wenn du die gleichen Typen meinst. Die hatten wir auch an dem Tag gesehen.« Halb grinsend meinte sie zu mir: »Vermutlich diese rothaarigen Jungs, von denen Chan so begeistert war.« Dann wandte sie sich wieder an Emily: »Und du, wo warst du an dem Morgen?«

Mehr als zögerlich antwortete Emily: »… Ich bin losgezogen, um Laith zu suchen. Er hatte sein Handy ausgeschaltet.«

»Hm. Aber warum hast du dich nicht bei Nele gemeldet?«, fragte Chiara erneut.

Es war unser letzter Vormittag am Meer … Nele hatten wir erst mittags in dem Imbiss getroffen.

»Auch mein Handy war leer. Ich hatte es vergessen aufzuladen.« Emily starrte dabei wieder in ihr Wasserglas.

»Aber du hättest zu Nele zurückgehen können. Du wusstest doch sicher, dass sie sich Gedanken machen würde.«

»Sie wusste ja nicht, dass Sarah auch nicht da ist. Das habe ich erst von euch erfahren«, gab Laith zu bedenken.

Chiara war offensichtlich nicht zufrieden mit der Antwort. Sie verzog leicht den Mund und wollte zu einer neuen Frage ansetzen. In dem Moment kam Frau Assadulah herein, auf dem Arm das schreiende Baby, und unterbrach damit unser Gespräch. Ich begriff, dass das hier für sie keine einfache Situation darstellte, und so viele fremde Gäste in dem kleinen Haushalt nicht vorgesehen waren. An ihrem etwas steifen Verhalten konnte man ablesen, dass sie die beiden an diesem Tag erst kennengelernt hatte. Und ob es ihr überhaupt recht war, ein so junges Pärchen bei sich wohnen zu lassen, glaubte ich auch nicht. Sie wirkte längst nicht so aufgeschlossen wie zum Beispiel Alisha und Samira in Canterbury. Ich war mir sicher, dass Chiara genau das Gleiche dachte und sich hier etwas unwohl fühlte. Gleichzeitig bemerkte ich ihre Unruhe. Sie biss sich auf die Unterlippe und ich war gespannt, ob sie eine Idee hatte. Dann sagte sie: »Wir werden uns etwas suchen zur Übernachtung. Vielleicht auf einem Campingplatz oder so. Lange können wir hier in Cornwall leider nicht mehr bleiben. Ich würde mich aber freuen, wenn wir uns noch einmal treffen könnten. Wenn ihr Lust habt, könnt ihr mit uns auch einen Ausflug machen. Wir haben einen alten kleinen Mini, aber er hat auch hinten zwei Sitze. Ihr passt da rein.«

Laith überlegte und antwortete dann: »Das ist nett von

dir. Heute möchte ich aber auf meinen Onkel warten. Ich habe ihn zuletzt vor zehn Jahren in Kabul gesehen. Außerdem bin ich etwas müde. Die letzten Tage waren echt heftig. Vielleicht morgen?«

Ganz sicher hätte Chiara gern an diesem Tag schon etwas ausgemacht. Aber auch sie sah ein, dass Laiths Treffen mit seinem Onkel Vorrang hatte. Sie versäumte es aber nicht, mit Laith endlich die Handynummern auszutauschen. Dann verabschiedeten wir uns und es war unschwer zu erkennen, dass es Frau Assadulah auch recht gewesen wäre, wenn wir die zwei mitgenommen hätten.

Bevor sie uns zur Tür begleitete, fragte Laith: »Wo habt ihr eigentlich euren chinesischen Freund gelassen?«

»In London. Er muss wieder arbeiten.« Seine Antwort ließ für mich den Tag richtig gut werden und ich glaube, ab dem Moment hatte er meine Zuneigung gewonnen: »Ich kann es nicht genau sagen, aber irgendwie störte er. Zu zweit seid ihr mir lieber.«

Chiara betrachtete Laith nachdenklich. Dann lächelte sie, sagte aber nichts. Wir fanden einen Campingplatz in Strandnähe und verbrachten den restlichen Tag am Meer. Der Strand war ähnlich weitläufig wie in Camber, der Sand aber noch weißer. Und weder Chan noch eine Sarah, Nele oder Emily waren in der Nähe. Und ich muss gestehen, ich war nicht böse drum.

Laith

Als ich Emily kennenlernte, war ich von Anfang an hin- und hergerissen. Ich war einerseits froh, endlich jemanden zu haben, dem ich mich anvertrauen konnte. Wir hatten tolle Gespräche, das gebe ich zu. An einem Abend war ich lange mit ihr zusammen am Meer. Das war eigentlich sehr schön. Aber sie hatte auch so etwas Besitzergreifendes, was mir etwas Angst machte. Sie war wild entschlossen, mir zu helfen. Dass ich auf meine Schwester warten wollte, verstand sie nicht. Auch dass ich plante, zu meinem Onkel zu fahren, passte ihr zunächst nicht. Sie hatte alle möglichen Pläne, wollte mit mir nach London und dort einen Asylantrag stellen. Als es mir mit ihr zu viel war, entschied ich mich, ohne sie nach Cornwall zu fahren.

Doch dann kam alles anders.

25. Kynance Cove

Mittwoch, 07.08.19

Bereits am späten Abend und vor allem nachts war es deutlich frischer in Cornwall als in Stonehenge. Aber das machte nichts. Es war dennoch gemütlich in dem kleinen Zelt. Ich gab Chiara eines meiner dicken Sweatshirts und wir krochen in die Schlafsäcke, redeten im Dunkeln noch lange über alles Mögliche: über Laith, Emily, Sarah, aber auch über uns, bis wir vor Müdigkeit endlich einschliefen.

Am nächsten Morgen wurde sie eher wach als in Stonehenge. Auch ich tat nur so, als würde ich noch schlafen und hörte fasziniert ihren Selbstgesprächen zu, während sie mit ihrem Handy herumhantierte und zu Ausflugszielen für den Tag recherchierte. Irgendwann rüttelte sie mich. »Hey, du Murmeltier, ich möchte was mit dir besprechen.«

Ich gab vor, gerade erst aufzuwachen, war aber sogleich danach wieder erschöpft, zumal mir Chiara all ihre Ideen auf einmal vortrug: unter anderem das Eden Projekt, Land's End, Kynance Cove, Tintagel Castle, Newquay, Mousehole oder The Lost Gardens.

Ich setzte mich in meinem Schlafsack auf und schaute sie

amüsiert an. Das rote Haar stand in alle Richtungen ab, ihre Wangen glühten vor Enthusiasmus und sie war offensichtlich begeistert von Cornwall.

Ich räusperte mich. »Das hört sich super an, allerdings weiß ich nicht, ob Laith und Emily wirklich an einem einzigen Tag eine komplette Cornwallrundreise mit uns machen wollen.«

Chiara sah mich erstaunt an. »Nein, das muss man ja nicht an einem einzigen Tag machen.«

»Chiara … wir haben heute schon Donnerstag. Spätestens am Sonntag sind eigentlich die zwei Wochen um. Ich meine, wir haben zwar noch keinen Rückflug gebucht, aber eigentlich wollten wir ja noch zu Tory und ich weiß wirklich nicht, ob meine Mutter noch mehr Tage genehmigt.«

Chiara nickte und sah etwas enttäuscht aus. »Ja, da hast du wohl recht. Die Zeit ist aber auch schnell rumgegangen. Tory … natürlich wollte ich ihn noch sehen. Dennoch schade, mir gefällt es hier gut …«

»Ja, mir auch. Trotzdem, wir sollten es heute wirklich auf ein Ausflugsziel beschränken.«

»Okay, und welches gefällt dir am besten?«

Ich ließ mir ihr Handy geben und klickte die genannten Orte nochmals an. Dann verkündete ich meine erste Wahl. »Kynance Cove. Da würde ich wirklich gerne mal hin.«

Chiara lächelte. »Gute Wahl, ja, das muss toll sein.«

»Dann sollten wir uns mal fertigmachen und bei Laith melden.«

Es war diesig an diesem Tag und nieselte ein wenig. Zu unserer Überraschung kam auch Emily mit. Sie hatte am Vortag nicht wirklich den Eindruck erweckt, dass sie an unserer Gesellschaft Interesse hatte. Chiara hatte wieder diesen »Holmes«-Blick. Allmählich bekam ich ein Gespür dafür, wann sie sozusagen ihre Witterung aufnahm.

Wir fuhren eine Dreiviertelstunde bis zu einem Ort namens *Mullion.* Weder Laith noch Emily waren besonders gesprächig, sodass wir stattdessen einfach die Musik lauter drehten. Mir war es ganz lieb, dass Chiara ihr Interview nicht während der Autofahrt anfing. Ich hatte immer noch Respekt davor, mit ihr auf der linken Spur zu fahren. Auch Laith und Emily sahen während der Fahrt etwas verängstigt aus.

Als wir auf einen beinahe leeren Parkplatz fuhren und vor uns die weite Heidelandschaft sahen, zwar in Nebel eingehüllt, aber vielleicht gerade deswegen wie verwunschen und fast magisch wirkend, erhellte sich selbst Emilys Gesicht für einen Moment. Dann zogen wir los auf dem Pfad, der sich durch Disteln und Heidekraut schlängelte Richtung Kynance Cove. Diese sanften hellgrünen und lila

Farben, dazu der ganz leichte, milde Nieselregen und die salzige Meeresluft, die herüberwehte. Ich atmete tief durch. Das hier war wirklich gut.

Dieses Mal ging Chiara die Unterhaltung mit den beiden behutsamer an als am Vortag, und machte erst etwas Smalltalk, fragte Laith nach seinem Onkel und ob er sich etwas ausruhen konnte. Laith erklärte, dass Karif Assadulah sehr nett wäre und sich gefreut habe, ihn nach so langer Zeit zu sehen. Er stellte nachdenklich fest: »Er hat es echt geschafft. Er hat Arbeit und seine Familie hier. Ich wünschte, das würde mir auch gelingen …«

Da verstand ich Laith. Es musste sehr bedrückend für ihn sein, noch überhaupt nicht zu wissen, welche Perspektiven er ihr hatte. Ich erinnerte mich auch an die Worte Alishas oder Ravanis. Laiths Chancen waren nicht wirklich gut. Wir gingen eine Weile schweigend weiter.

»Emily, bist du schon vorher einmal allein verreist?«

Emily schüttelte den Kopf. »Nein. Das ist mein erstes Mal.«

»Ich verstehe … Du bist dieses Jahr erst achtzehn geworden, nicht wahr?«

»Ja.«

Chiara schien zu überlegen und machte eine Pause.

Da fragte ich: »Ihr seid zu dritt gefahren. Das ist nie so

die günstigste Zahl. War das eigentlich von vornherein so gedacht?«

Emily ließ sich wieder Zeit mit ihrer Antwort.

»Nein, die Reise war zuerst nur mit mir und Nele geplant …«

»Ah … und warum ist dann Sarah dazugekommen?«

»Sie war … Sie ist mit Nele befreundet und hat sich auf den letzten Drücker dazu entschlossen mitzufahren.«

»Und du, wie kamst du damit zurecht?«

»Gut. Kein Problem.«

»Ihr habt euch also gut verstanden und es gab keinen Streit oder so?«

»Nein. War alles okay.«

Das stimmte nicht. Bereits der Mann auf dem Campingplatz in Camber hatte von einem Streit erzählt. Auch Laith runzelte die Stirn, sagte aber nichts. Ich beließ es erst einmal dabei.

Kurze Zeit später rief Chiara: »Schaut mal, wie wunderbar, das Meer und die Felsen dort hinten.«

Bis jetzt war der Blick zum Meer vollständig in Nebel gehüllt gewesen. Nun lief der Pfad näher an den steilen Klippen entlang und aus den weißen Schleiern lugten ein blauer Himmel und Teile der gegenüberliegenden Felsküste hervor. Bedeckt von diesem samtigen Moosgrün der Gräser und Wiesen oberhalb der Felsen.

Es sah wirklich traumhaft aus. Eine gute Dreiviertelstunde später kamen wir unten in Kynance Cove an.

Mittlerweile hatte sich der Nebel vollständig gelichtet und es war angenehm sonnig und warm.

Wir zogen die Schuhe aus und wateten durch das grün schimmernde Wasser bis zu der Treppe, die hinaufführte zu einem auf dem Felsen gelegenen Ausflugslokal.

Unter Sonnenschirmen nahmen wir Platz.

»Bellissima. Mega. Ist das herrlich hier.« Chiara war einmal wieder vollends begeistert. Ich glaube, ich kannte bislang niemanden, der seine Freude über etwas so unmittelbar und enthusiastisch mitteilen konnte wie Chiara. Es war aber ganz sicher eine von ihren Eigenschaften, die ich wirklich besonders mochte.

Von unserem Platz aus hatten wir einen guten Blick auf das Meer.

In der Ferne sah man die weißen Schaumkronen und unter uns klatschten die Wellen beständig an die Felsen. In dem geschützten Bereich der Bucht badeten einige. Verwundert stellte ich allerdings fest, dass man hier, anders als in Camber, Neoprenanzüge auch beim Schwimmen trug.

Auch Chiara schaute zu den Badegästen herunter. »Zu einem anderen Zeitpunkt wäre ich da sofort wieder reingesprungen. Aber ich muss zugeben, das Erlebnis in Camber macht mir immer noch etwas zu schaffen.«

Laith fragte sie interessiert: »Was ist denn passiert?«

»Ich wäre um ein Haar ertrunken.«

Laith war erstaunt. »Im Ärmelkanal? Aber da ist doch kaum Wellengang?«

»Corretto. Aber an dem Tag war es eben anders. Und ich habe es einfach unterschätzt. Ich hatte vermutlich noch nie eine solche Panik in meinem ganzen Leben …«

Ich musste wieder an diesen Vormittag am Meer denken und mich schauderte bei der Vorstellung, Chiara wäre wirklich ertrunken. Unvorstellbar.

»Dann hättest du beinahe das erlebt, was so vielen Flüchtlingen zur Zeit passiert und was meine größte Angst war, als meine Schwester sich so lange nicht gemeldet hatte.«

Darüber hatte ich vorher noch gar nicht so genau nachgedacht. Ja, die meisten Flüchtlinge waren genau dieser Gefahr ausgesetzt. Immer wieder konnte man davon in den Nachrichten hören. Durch das Erlebnis in Camber war es nochmals konkreter geworden und umso erschütternder, dass so viele genau dieses Risiko auf sich nahmen.

»Ja, das stimmt.« Chiara, eben noch so enthusiastisch, sah recht ernst aus.

»Aber Sid hat mich gerettet. Übrigens nicht zum ersten Mal.«

Ich schüttelte den Kopf. »Das war ich nicht alleine. Letztendlich war es Chan, der es geschafft hat, dir das kleine Surfbrett zuzuwerfen. Und dann hat uns auch der Lifeguard noch geholfen.«

»Allora, aber du hast es als Erstes versucht. Ich bin dir auf jeden Fall unendlich dankbar dafür!«

Ich machte eine wegwerfende Handbewegung. »Das hättest du genauso gemacht … Na kommt, lasst uns nicht über solche Dinge sprechen. Holen wir uns etwas zu essen.«

Da erst merkten wir, dass Emily nicht mehr an ihrem Platz saß. Wir waren so vertieft in das Gespräch gewesen, dass keiner von uns ihr Fortgehen mitbekommen hatte. Leicht verwundert wandten wir uns an Laith. Der aber stand unmittelbar auf. »Bleibt hier. Ich werde sie suchen. Sie hat in den letzten Tagen öfters so Anwandlungen.«

Etwas später schickte Laith eine Nachricht auf Chiaras Handy, dass er Emily gefunden hätte und alles okay wäre. Wir sollten schon einmal etwas trinken oder essen, sie kämen dann nach.

»Also eins ist klar, das Mädchen hat ein Problem. Und

zwar ein gewaltiges«, stellte Chiara fest.

»Ja, das sehe ich auch so. Aber glaubst du nicht, dass sie einfach nur leidet, weil ihre Freundin vermisst wird? Das reicht ja im Grunde schon.«

»Du hast recht. Das ist ja auch schlimm. Und selbst mich, die diese Sarah kaum kannte, bedrückt das. Aber genauso wie Laith habe ich dieses unbestimmte Gefühl, sie weiß etwas.«

»Sie sagte, Sarah wollte an dem Morgen einkaufen gehen.«

»Hm. In Camber gibt es so gut wie keine Geschäfte. Es kann natürlich sein, dass Sarah nach Rye gefahren ist. Aber warum ist Emily verschwunden? Das waren immerhin ein paar Tage, bis sie in Canterbury aufgetaucht ist.«

Ich nickte. »Aber so, wie ihre Reaktion jetzt war, wirst du sie das heute jedenfalls nicht fragen können. Ich glaube übrigens auch, wir sollten uns wieder bei Tory melden.«

»Stimmt. Es ist jetzt schon über eine Woche her, dass wir zuletzt bei ihm waren. Wir müssen eigentlich wirklich spätestens übermorgen nach London zurück.« Chiara sah, während sie dies sagte, allerdings nicht wirklich besonders glücklich aus.

Ich schrieb Tory eine E-Mail, in der ich kurz von unseren

Reiseetappen berichtete und dass uns die Zeit einfach weggerannt wäre.

Gerade als ich die Nachricht abgeschickt hatte, kehrten Laith und Emily wieder zurück. Er sah ernst aus, Emily sagte nichts.

Während die beiden keinen Hunger hatten, tranken und aßen Chiara und ich noch schnell etwas. Es war erkennbar, dass Emily und Laith keine Ausflugslaune mehr hatten. Und so traten wir den Rückweg an, bis wir zwei Stunden später wieder den Parkplatz in Mullion erreichten.

Während der Rückfahrt nach St. Ives prüfte ich meinen Posteingang und fand Torys Antwort.

Lieber Sid,

Ihre Reiseroute gefällt mir. Das hört sich großartig an und genauso habe ich es mir für Sie gewünscht. Wegen mir müssen Sie sich überhaupt keine Gedanken machen. Mein Versprechen Ihrer Mutter gegenüber lässt mich jedoch zu dem Schluss kommen, dass Sie am Freitag oder am Samstag Ihre Rückreise nach London wieder antreten sollten. Sie werden gut einen Tag für die Autofahrt brauchen. Den Mini müssen Sie nicht nach Rye bringen, sondern können ihn getrost auch bei mir abstellen. Aber eine Aufgabe hätte ich noch für Sie. Wenn Sie schon die Zeit dort im wunderschönen Cornwall und am Atlantik verbringen: Fahren Sie einmal mit dem Schiff raus. Nirgendwo lässt sich die Freiheit oder zumindest die Sehnsucht nach Frei-

heit so intensiv spüren wie dort.

Auf ein baldiges Wiedersehen

Ihr A. S. Tory

Mr. Tory riet uns also auch dazu, zurückzukehren. Und vermutlich hatte er recht. Auch wenn er es nicht ausdrücklich formuliert hatte, es war unwahrscheinlich, dass meine Mutter mir noch viel mehr Zeit gab in England. Chiara würde allerdings unzufrieden sein, ihre Mission hier nicht beenden zu können. Sobald wir die beiden zurückgebracht hatten, sollte ich mit ihr reden. Aber Torys Auftrag gefiel mir. Und so recherchierte ich nach Bootstouren, die man von St. Ives aus machen konnte.

Als wir in St. Ives ankamen, zögerte Chiara. Sie wollte gerade dazu ansetzen, eine erneute Verabredung mit Laith und Emily auszumachen. Doch ich unterbrach sie dabei. »Die beiden wollen sich bestimmt erst einmal von der weiten Wanderung ausruhen.«

Sowohl Laith als auch Emily gaben mir recht. Sie verabschiedeten sich schnell, Laith sagte noch etwas verlegen: »Vielen Dank für den Ausflug …« Dann verschwanden sie in dem Mehrfamilienhaus, in dem die Assadulahs wohnten.

Chiara wandte sich zu mir. »Hey, das war bestimmt unsere letzte Gelegenheit, noch etwas mehr aus Emily herauszubekommen.«

»Da hast du recht. Und es tut mir leid. Tory hat geantwortet und er ist auch der Meinung, wir sollten an unsere Rückfahrt denken. Aber er hatte eine Idee, die dich vielleicht etwas versöhnt. Ich würde dich auch dazu einladen.«

»Was hättest du denn für mich?« Chiara grinste mich dabei an.

»Eine Bootstour. Morgen. Als Abschluss sozusagen, bevor wir das Meer verlassen. Vielleicht können wir heute aber noch etwas ausmachen?«

»Du bist ja … also, das ist eine schöne Idee! Ja, vermutlich müssen wir wirklich fahren, ohne das hier zu lösen …«

Ich wusste, dass so etwas für Chiara unerträglich war und es tat mir auch leid. »Na komm, wir schauen jetzt, ob wir noch ein Schiff für eine Tour ergattern.«

Am Hafen von St. Ives lagen ein paar kleine Ausflugsboote und auch Fischkutter. Chiara sah sich neugierig um. Ein alter Fischer verließ gerade sein Schiff.

»Fahren Sie morgen auch wieder raus?«

Der Seemann schaute uns erst prüfend an, dann sagte er: »Yes. Everyday. You want to join in?«

»Allora, sollen wir sein Angebot annehmen, was meinst du?«

Ich zuckte die Achseln. »Warum nicht. Wenn du gerne

beim Fischfang zusiehst. Ich hätte dich wirklich auch eingeladen zu einem dieser Ausflugsboote, die zum Leuchtturm fahren.«

Der Fischer hatte das Wort Leuchtturm verstanden. »I'll pass the lighthouse as well.«

Also vereinbarten wir für den nächsten Tag eine Tour mit dem Fischkutter. Der Fischer bläute uns ein, dass wir pünktlich sein sollten. Sechs Uhr und keine Minute später!

26. Fisherman's Blues

Donnerstag, 08.08.19

Es war noch etwas neblig, als wir am Hafen ankamen. Der Fischer wartete bereits. Wir stiegen in den alten Kutter und kurze Zeit später tuckerten wir los. Die Häuser von St. Ives wurden immer kleiner und bald sah die Bucht aus wie eine Spielzeuglandschaft. Der Boden des Kahns war nass und nicht allzu sauber. Schlieren von Sand und Algen hier und da. Ab und zu schwappte Wasser herein. Chiara und ich zogen die Beine an und hockten uns nebeneinander auf die schmale Holzbank. Tatsächlich näherten wir uns bald der kleinen Leuchtturminsel, auf der ein paar Seehunde friedlich in der Morgensonne nebeneinanderlagen. Ein Stückweit hinter der Insel warf der Fischer seine Fangnetze aus. Dann erklärte er uns, was es üblicherweise so zu fangen gab. Ein paar Wörter verstand ich: Dorsch, Rochen, Scholle, Seebarsch, Knurrhahn.

Als jedoch die ersten zappelnden Fische in den großen bereitstehenden Bottichen landeten, durchzuckte nicht nur Chiara ein mitleidsvoller Blick. Die glitzernden Fischlaibe sahen einerseits so schön aus, doch ihr verzweifeltes Ringen und Sehnen nach dem Wasser, das Öffnen der Mäuler und Schlagen mit den Flossen, hatte etwas Entsetzliches und gleichzeitig Faszinierendes. Chiara starrte gebannt und traurig auf dieses Schauspiel. Irgendwann war es uns beiden unangenehm, nur herumzusitzen und zuzuschauen, zumal sich der Fischer nicht so wahnsinnig gesprächig zeigte, und so halfen wir mit, die schweren Reusen hochzuziehen, jedes Mal erstaunt über die Mengen, die da ins Netz gingen.

»Wie lange leben die noch an Land?«, fragte Chiara den Fischer, der uns erst nach einer Weile mitgeteilt hatte, dass er Steven hieß. Steven erklärte, dass das unterschiedlich wäre. Im Durchschnitt aber würden sie gut eine Stunde überleben. Manchmal noch um einiges länger. »Anyway, longer than a person in the water.«

Ich musste an Ophelia denken und an Chiaras Kampf im Meer. Und es überkam mich wieder ein Schaudern. Auch Chiara sah etwas blass aus.

Schließlich war der Tagesfang eingeholt. Der Fischer setzte sich neben uns auf die Bank, zündete sich eine Zigarette an, begutachtete zufrieden seine Ausbeute.

Ich erinnerte mich an Torys Worte. *Nirgendwo lässt sich die Freiheit oder zumindest die Sehnsucht nach Freiheit so intensiv spüren wie auf dem Wasser.* Auch fielen mir seine Anmerkungen am zweiten Abend in Kensington ein, als er meinte, dass für ihn immer das Meer der Inbegriff der Freiheit gewesen sei. Also fragte ich den Fischer. Er lachte und meinte, dass das wohl der Satz eines Freizeitseglers oder Ausflüglers, in jedem Fall eines hoffnungslosen Romantikers sei. Die Fischerei, wie auch überhaupt die Seefahrt und auch das Meer wären nichts für Tagträumer und sehr gefährlich, denn die See wäre natürlich nicht immer so ruhig. Sondern tückisch und unberechenbar. Eine Schönheit, die sich von jetzt auf gleich in eine Bestie verwandeln und einen, ohne mit der Wimper zu zucken, verschlingen könnte. Dann aber erklärte er: »Aber im Winter, wenn ich nicht hinaus fahre, dann bekomme ich tatsächlich Sehnsucht auf das hier.« Er wies mit seiner Hand über das Meer. »Und dann gibt es kaum etwas, was ich mir mehr wünsche. Ich könnte es wohl auch nie gegen einen Beruf austauschen, bei dem ich nur in einem Büro bin oder irgendwo in anderen engen Räumen ohne dieses Licht und diese Luft. Das stimmt wohl.«

Als wir zurück in den Hafen kamen, dem Fischer noch halfen seinen Fang in Boxen abzufüllen, bevor sie abtransportiert wurden, bat er uns zu warten. Dann nahm er uns mit in eine der kleineren Kneipen, die wir normalerweise ganz sicher übersehen hätten. Wir fanden auch fast nur Einheimische dort. Man begrüßte »Old Steven« herzlich und machten Scherze über uns. Insgesamt waren die Männer in dem kleinen Pub recht launig und hatten ihren Spaß, vor allem an Chiara als der außer der Bedienung fast einzigen weiblichen Person im Raum. Sie spendierten eine Runde Bier aufs Haus. Das Tagesgericht war zudem – welch ein Wunder – gebratener Dorsch – und spätestens als nach dem Essen Cornish Gin ausgegeben wurde, war Chiara mit allen befreundet und selbst Steven war sehr gesprächig geworden. Ich weiß nicht mehr wie, und noch nicht einmal mit welchen Vokabeln, aber irgendwie kam es, dass wir ihm unsere Reise bis Cornwall erzählten und auch den Grund dafür. Er hatte alles scheinbar verstanden, kommentierte es aber nur mit einem Satz: »This German girl Emily is the answer to the riddle.«

Leicht benommen aber sehr erfüllt von diesem bunten Tag kamen wir schließlich zum Campingplatz zurück und krochen beide todmüde in unsere Schlafsäcke. Chiara murmelte aber noch: »Danke für den schönen Tag und die Bootsfahrt, Sid.«

East Sussex News

Samstag, 09.08.19 Am späten Donnerstagabend wurde der bisher unidentifizierte Leichnam einer jungen Frau in der Nähe von Pett Level Beach gefunden. Der Mann, der die Unbekannte fand, steht immer noch unter Schock.
Noch sind die Todesumstände und auch die Identität der Frau unbekannt. Die Frage ist, ob es sich bei der Toten um eines der seit einer Woche vermissten deutschen Mädchen handelt. Die Polizei in East Sussex ermittelt und bittet um sachdienliche Hinweise.

27. Aufbruch

Freitag, 09.08.19

Ich las die Nachricht im Newsticker auf meinem Handy und mir stockte der Atem. Mein Gott! *East-Sussex – Leichnam – vermisstes deutsches Mädchen* … allein diese Worte hatten Alarmwirkung.

Chiara schlief noch und ich war hin- und hergerissen zwischen dem Drang, sie sofort zu wecken oder sie von dieser Nachricht zu verschonen. Wie würde Emily reagieren? Was bedeutete es für Laith? Er hatte gesagt, er wollte warten, bis man Sarah finden würde …

Ich befreite mich aus dem Schlafsack, verließ vorsichtig das Zelt und setzte mich an die kühle Luft. Es war noch früh. Gerade mal halb sieben. Aber wenn ich die Nachricht schon so schnell gesehen hatte, würde es Laith und Emily bestimmt nicht anders gehen. Ich war aufgewühlt und es fiel mit schwer, einen klaren Gedanken zu fassen. Was wäre, wenn dieser Leichenfund wieder dazu führte, dass Emily oder Laith flüchten würden? Wäre es nicht jetzt sinnvoller, sich zu melden? Andererseits, nichts war bewiesen. Auch war die Identität der Toten noch nicht geklärt. Vielleicht aber würde es für Laith sogar nun noch schlimmer.

Es half nichts, ich musste Chiara Bescheid sagen. Und sie nach ihrer Meinung fragen. Wir wollten an diesem Tag zudem zurück nach London fahren. Es blieb nicht mehr viel Zeit.

»Mio Dio! Das ist ja entsetzlich!« Chiara war schockiert und sofort meinte sie, dass wir unbedingt mit Laith und Emily sprechen müssten.

Zwanzig Minuten später hatten wir nicht nur das Zelt abgebaut und uns angezogen, sondern starteten auch schon, um zu der Wohnung von Laiths Onkel zu fahren. Vor der Haustür trafen wir Herrn Assadulah an. Wir konnten ihn aufgrund seines Facebook-Profils wiedererkennen. Etwas verwundert blieb er stehen, dann begriff er, wer wir waren.

Hastig erzählte Chiara ihm, wir wollten die beiden wegen etwas Wichtigem sprechen. Er war sichtbar in Eile. Dabei ließ er aber nicht aus, uns kurz zu sagen, dass seine Frau mit dem unerwarteten Besuch von Emily und Laith nicht so glücklich wäre. Dann verabschiedete er sich und lief zu seinem Wagen.

Sobald wir in die Wohnung kamen, war die Situation klar. Emily saß leichenblass auf dem Sofa im Wohnzimmer, während Laith nervös auf und ab lief.

Frau Assadulah, sofern sie das Ganze überhaupt einordnen konnte, räumte mitten im Kinderlärm die Küche auf und war mindestens so nervös und genervt wie am Vortag.

Chiara ergriff sofort das Wort. »Wir sollten etwas unternehmen. Das hier ist doch nicht das Wahre. Wenn ihr nichts mit der Sache zu tun habt, wird sich das zeigen. Aber sich hier zu verstecken bringt auch nichts.«

Emily meinte nur: »Ja, ich will hier weg und ich will einfach nur noch nach Hause.«

Chiara biss sich auf die Lippe. »Passt mal auf. Wir nehmen euch mit. Wir fahren heute nach London, dort warten wir bis morgen ab, was sich noch so tut. Und sollten dann auch zur Polizei gehen. Und wenn alles so weit okay ist, fliegen wir mit dir am Sonntag zusammen zurück nach Deutschland – nach Hamburg – ich – wollte Sid sowieso immer schon meiner Mutter vorstellen …«

Ich hob erstaunt die Augenbrauen. Erstaunt in mehrfacher Hinsicht. »Ja … aber, ich weiß nicht … Und Laith?«

»Allora, auch das lässt sich klären. Ich hätte da eine Idee. Einen Moment.«

Sie nahm ihr Handy, wählte eine Nummer aus ihrem Adressverzeichnis und ließ es klingeln. Am anderen Ende der Leitung hörte ich leise und leicht verschlafen eine wohlbekannte Stimme: »Chan Lin.«

»Hi, Chan. Hier ist Chiara. Sag mal. Jusuf ist doch noch immer verreist, oder? … Prima. Und jetzt, da du wieder arbeitest, kannst du dich bestimmt nicht so gut um die Katzen kümmern, nicht wahr? … Alles, was ich bräuchte, ist ein Schlüssel … Möglichst, ohne heute Abend komplett durch China Town zu laufen … okay … Alles Weitere später …«

Und schon legte sie auf. »So, das wäre geklärt. Ihr habt schon mal was zum Übernachten für die nächsten zwei Tage.«

Mit offenem Mund hatten Laith und Emily ihr zugehört. Ich ehrlich gesagt auch.

»Ja, aber …«

Chiara ließ sich nicht aus dem Konzept bringen. »So, ihr packt jetzt eure Sachen schnell wieder zusammen und wir fahren los. Es ist wirklich eine weite Fahrt und es sieht ganz so aus, als würde dieses Wochenende noch eine Menge Programm bereit halten …«

Emily und Laith wagten augenscheinlich nicht, Chiaras strengen Anweisungen zu widersprechen.

Chiara half Emily beim Zusammensuchen der Sachen, die, wie ich mit einem kurzen Blick in den kleinen Schlafraum erkennen konnte, wild verstreut auf dem Bett lagen. Ich hörte Chiara sagen: »Oh, was für ein cooles T-Shirt. Und diese Shorts hier. Das solltest du mal anziehen.« Emily schien nichts Konkretes darauf zu antworten und stopfte beides nur wieder schnell in ihren Reiserucksack.

Als Laith und Emily dann mit ihren gepackten Rucksäcken vor Frau Assadulah standen, war diese ebenfalls mehr als erstaunt. Schaute von einem zum anderen. Laith verabschiedete sich auf Englisch: »Grüße Onkel Karif und sage, ich melde mich und vielen Dank, dass ich hier sein durfte. Ich möchte euch einfach nicht so lange zur Last fallen.«

Frau Assadulah schwieg, sah aber auch etwas betreten aus. Dann drückte sie Laith fest, schaute ihm in die Augen und sagte in Farsi sehr ernst etwas zu ihm. Er nickte, antwortete kurz. Es sah für mich aus wie ein Versprechen.

Dann fuhren wir los.

Die Fahrt war anstrengender als die Hinfahrt. Das lag daran, dass wir nun nicht drei Übernachtungen zwischendrin hatten, an dem größeren Verkehrsaufkommen und ganz sicher auch an der Anwesenheit von Laith und Emily, die uns die Unbeschwertheit nahm. Auch war ein Mini nicht wirklich für vier Personen gedacht, noch dazu mit dicken Rucksäcken auf der Rückbank. Die beiden saßen dort hinten mehr als eingeengt und auch wir hatten unsere Sitze weit nach vorne schieben müssen. Ich drehte unentwegt am Autoradio herum, mit dem Ziel, zumindest die jeweils beste Musik für die Strecke auszuwählen. Zudem sangen sowohl Chiara als auch ich mit und übertönten damit das beklemmende Schweigen.

In der Nähe von Amesbury machten wir nach gut vier Stunden an einer Raststätte Halt, um Getränke und Proviant für die restliche Fahrt zu besorgen. Dort lief gerade der Fernseher. Ich stand bereits an der Kasse, Chiara schaute sich etwas um, Emily und Laith waren noch auf den Toiletten verschwunden. Da hielt ich inne: In den Nachrichten wurde Pett Level Beach eingeblendet. Ein rot-weißes Absperrband flatternd im Wind. Doch dann ein Bildwechsel und ein Foto von zwei Mädchen. Emily und Sarah, wie sie lachend in die Kamera schauten, im Hintergrund die Felsen von Dover.

Und kurz danach das Bild eines hageren Jungens mit dunklem Teint und dunklen Augen.

Vor Schreck ließ ich fast die Kaffeebecher und Sandwichs fallen, die ich gerade auf den Kassentresen platzieren wollte. Die Kassiererin ermahnte mich, dass sie noch andere Kunden zu bedienen hatte. Nervös kramte ich die Pfundnoten heraus und eilte dann zu Chiara, die mit offenem Mund da stand und ebenfalls auf den Bildschirm starrte. Dann erfasste aber auch sie die Situation. Als Emily von der Toilette zurückkam, zischte Chiara ihr schnell etwas zu und beide verschwanden eiligst aus der Raststätte. Laith wartete bereits draußen. Unsere plötzliche Hektik verwirrte ihn zuerst. Doch begriff er dann, lief uns hinterher und wir alle stiegen, so schnell es ging, ins Auto ein. »Merda!« Chiara fluchte laut, machte mit dem Mini, so weit das mit einem Mini eben nur geht, fast einen Kavalierstart und schoss aus der Ausfahrt zurück auf die Autobahn. Laith und Emily duckten sich hinter ihre Rucksäcke, beide aschfahl im Gesicht.

»Das war knapp!« Und das galt nicht nur der Tatsache, dass ich nicht der einzige in der Raststätte gewesen war, der sich die Nachrichten angesehen hatte, sondern auch dem Lastwagen. Der ließ ein lang gezogenes Hupen ertönen, da Chiara ihm mit ihrem Manöver vermutlich zu Tode erschreckt hatte. Auch unser Aufbruch in St. Ives war gerade noch rechtzeitig gewesen. Der Aufenthalt Laiths und Emilys bei den Assadulahs hätte sonst sehr unbequem werden können. Ob Laith seinem Onkel überhaupt Näheres erzählt hatte, war mir nach wie vor nicht klar. Sicherlich aber wäre Frau Assadulahs Gastfreundschaft spätestens mit dieser Fahndung im Fernsehen auf eine Probe gestellt worden.

»Was genau hast du mit Chan ausgemacht?« fragte ich, als ich den Eindruck hatte, dass Chiara sich wieder genug auf den Verkehr konzentrierte und auch ausreichend Abstand zu den anderen Fahrzeugen hielt.

»Er gibt den Schlüssel bei dem Mieter im fünften Stock unter seiner Wohnung ab. Der, der direkt unter ihm wohnt.

Rechte Tür von der Treppe aus gesehen. Ein James Myer oder so. Der wäre ab dem frühen Abend meist da.«

»Und Chan weiß aber nicht, für wen und warum wir die Wohnung brauchen?«

»Nein.«

»Oh Mann …«

Ich musste dennoch darüber staunen, dass es ihr überhaupt eingefallen und gelungen war, Chan dazu zu überreden. Dann aber fragte ich mich, woher sie überhaupt Chans Telefonnummer hatte. Aber ich ließ es sein, Chiara darauf anzusprechen …

Ich sah vorsichtig nach hinten. Auch wenn die Sache mit Chan mir zugesetzt hatte, diese anschließende Zeit mit Chiara hatte das wieder vergessen lassen. Die letzte Woche von Laith und Emily musste auf jeden Fall um einiges unangenehmer gewesen sein. Jetzt ging es ihnen richtig miserabel, so viel war klar. Was auch immer sie miteinander verband, perspektivloser ging es kaum.

Mit Sorge dachte ich bereits an den kommenden Tag. Was würde er für uns alle bedeuten …?

28. Zurück in London

Am späten Nachmittag erreichten wir London, doch dauerte es noch gut eine Stunde, bis wir nach Covent Garden gelangten. Man stelle sich einen Freitagnachmittag in dieser Metropole vor und eine Autofahrerin mit einer recht rigorosen Fahrweise, die nur die italienische Provinz gewöhnt war. Zusammen mit den sich beständig wiederholenden Radionachrichten zu der Toten in East Sussex eine mehr als nervenaufreibende Sache.

Vor dem Wohnhaus von Jusuf angekommen, den Mini mit Emily und Laith im absoluten Halteverbot – da lagen selbst Chiaras Nerven blank. So schaffte sie es nur mit Müh und Not durch die Sprechanlage zu erklären, wer wir waren und dass wir den Schlüssel von Jusufs Wohnung bräuchten. Aber immerhin, Chan hatte Wort gehalten und ihn bei dem anderen Mieter abgegeben.

Sobald wir aufgeschlossen hatten, eilte Chiara zum Auto zurück. Ich wartete oben in Jusufs Wohnung. Laith und Emily kamen mir außer Atem entgegen. Zum Glück waren sie wohl niemanden im Treppenhaus begegnet. In der Wohnung angekommen, waren beide erleichtert und auch Jusufs Katzen freuten sich anscheinend über potentielle Dosenöffner.

Jusufs Bude sah nicht viel besser aus als zwei Wochen zuvor, aber als Unterschlupf für zwei Tage war sie allemal geeignet.

Wir verloren nicht mehr allzu viele Worte. Emily und Laith waren völlig erschöpft, so viel war klar. Daher verabschiedete ich mich bald.

Chiara wartete bereits mit laufendem Motor. Ich stieg schnell ein und wir traten unsere Fahrt nach Kensington zu Tory an.

Als wir schließlich über den Kiesweg auf die Villa zusteuerten und anhielten, musste ich erst einmal tief Luft holen. Auch Chiara lehnte sich seufzend im Sitz des Minis zurück.

»Mio Dio, Was sollen wir bloß Tory erzählen?«

»Ich weiß es nicht. Aber ich glaube, er ist der Letzte, dem wir etwas vormachen können …«

Tory saß ausnahmsweise nicht in der Bibliothek, sondern im Esszimmer. »Meine Lieben, wie schön, Sie wieder zu sehen. Kommen Sie, Sie können mit mir zusammen noch ein spätes Abendessen zu sich nehmen.«

Nach der Begrüßung setzten wir uns zu ihm an den Tisch. Dort standen Sandwiches, Hähnchenschenkel und Salate bereit, und hungrig wie wir waren, ließen wir uns nicht zweimal bitten und langten zu.

Tory musterte uns aufmerksam. »Sie sehen sehr müde aus. War die Fahrt doch so anstrengend?«

Chiara und ich suchten verstohlen Blickkontakt. Ja, das war sie. Doch versuchten wir, uns nichts anmerken zu lassen, sondern erzählten möglichst heiter von all dem, was wir erlebt hatten. Natürlich unter Auslassung der gesamten Geschichte rund um Laith und den Mädchen. Dabei fiel mir auf, dass es wirklich eine ganze Menge Schönes in diesen zwei Wochen gegeben hatte. Und es tat irgendwie gut, dass auch Chiara besonders die Momente, in denen Chan nicht mehr dabei war, hervorhob. Vermutlich würde auch ich für immer Brighton, Stonehenge, das kleine Sankt Just, die alte Mine oder aber die Fahrt auf dem alten Fischkutter mit Chiara verbinden.

Tory hörte aufmerksam und mit einem stillen Lächeln zu.

Zufrieden stellte er fest: »Ihre Reise gefällt mir. Wirklich. Und nun sagen Sie mir: Haben Sie herausgefunden, was Freiheit bedeutet? Haben Sie es erleben können?«

Chiara fand als Erstes eine Antwort: »Ich hätte mir sonst nie wirklich Gedanken darüber gemacht. Aber wir haben tatsächlich durch Ihre Aufgabe zwischendurch immer wieder darüber gesprochen. Für mich ist Freiheit vor allem, sich frei entscheiden zu können, von nichts eingeengt oder gezwungen zu werden. Und ja, es gab solche Momente in diesen zwei Wochen, in denen man die Freiheit besonders gespürt hat. Es sind die Momente, in denen man auch gleichzeitig glücklich ist. Das war in Brighton, Stonehenge oder auch in St. Just …«

Tory folgte Chiaras Worten sehr konzentriert, dann sah er mich an. Ich überlegte. Konnte ich überhaupt noch etwas hinzufügen? Dann räusperte ich mich. »Ja, es gab wirklich einige Momente. Bestimmt hätte ich darauf sonst nicht so geachtet. Ich habe dadurch auch erst bemerkt, dass es uns – also zumindest Chiara und mir – echt gut geht. Ich denke aber auch, es gibt nicht *die* Freiheit. Jeder versteht wieder ein bisschen etwas anderes darunter. Je nachdem, was ihm wichtig ist. Und manchmal kann auch die Freiheit des einen dem anderen gar nicht gefallen. Das gehört wohl auch dazu. Aber gut fühlt es sich für mich nur an, wenn man sie irgendwie mit jemanden gemeinsam erlebt.«

Mr. Tory und auch Chiara lächelten dabei. Tory erwiderte dann: »Das haben Sie beide sehr schön formuliert, ich kann Ihnen nur zustimmen. Und es macht mich sehr froh, dass Sie das erleben durften. Es ist nicht jedem vergönnt …« Er machte hier eine Pause und unwillkürlich musste ich daran denken, wie lange er in seiner Jugend diese Freiheit entbehren musste. Und ich musste auch besorgt an Laith denken. Er war jetzt hier. Aber alles andere als frei.

»Vielleicht kann ich noch ergänzen: Das Wichtigste ist, dass unser Kopf und unsere Gedanken frei bleiben.«

Er hob sein Glas. »Dann können Sie beide ja jetzt ganz entspannt den morgigen Tag noch genießen, um dann übermorgen wieder abzureisen.«

Chiara schaute betreten zu Boden. Auch ich schwieg. Mr. Tory sah aufmerksam von mir zu Chiara. »Ah, ist da noch irgendetwas, das Sie mir erzählen wollen?«

Wie so oft konnte man Chiaras Gedanken förmlich ablesen. Ich merkte, dass auch sie das Bedürfnis in dem Moment hatte, ihm alles zu erzählen. Und so berichteten wir Tory das, was wir ausgelassen hatten, von unserer Begegnung am Strand in Camber, den vermissten Mädchen Emily und Sarah, von Laith, seiner drohenden Abschiebung und Flucht nach England, seinem Verschwinden und unserer Suche, die uns von Camber bis nach Cornwall geführt hatte, dem Leichenfund am Strand von Pett Level Beach und schließlich von unserer gemeinsamen Flucht zurück nach London.

Danach entstand eine längere Pause. Ängstlich schaute ich Tory an, der ungewöhnlich lange schwieg und fast in sich gekehrt wirkte. Dann endlich sprach er: »Sie kennen meinen Hintergrund und daher wissen Sie, was es für mich damals bedeutet hat, sich verstecken zu müssen und zu flüchten. Mein Herz gilt seitdem allen Verfolgten, unabhängig von ihrer Religion und Herkunft. Hier aber …«, und dabei hielt er inne und sah uns ernst an, »… gilt wirklich erst zu klären, ob der Junge unschuldig ist und was dieses Mädchen weiß. Daher mein Rat: Gehen Sie mit den beiden morgen zur Polizei. Matthew wird Sie begleiten und Ihnen helfen. Sobald ich mir sicher bin, dass diese beiden jungen Menschen keine Schuld trifft, werde ich mich für sie einsetzen. Eventuell kümmere ich mich um einen Asylantrag für den Jungen …«

Wir nickten ernst. Tory sah zur Uhr. »Es ist mittlerweile recht spät geworden. Sonst hätte ich gesagt, dass Sie die beiden jetzt noch anrufen. Aber nach dem, was Sie erzählt haben, werden Emily und Laith wohl heute ihren Schlaf brauchen – Sie übrigens auch. Morgen früh sollten Sie zeitig mit Matthew nach Covent Garden fahren. Ich werde ihm noch gleich Bescheid geben.«

Tory hatte mit dem, was er gesagt hatte, absolut recht. Und sowohl Chiara als auch ich waren froh, es ihm erzählt zu haben. Besonders Chiara, die diese mehr als gewagte Fahrt nach London zu verantworten hatte, war erleichtert. Spontan wie sie war, fiel sie Tory um den Hals, der sogleich mit »Na, na, keine Ursache« abwehrte. Ich konnte ihm jedoch anmerken, dass es ihn bewegte.

Wir folgten also seinem Rat und zogen uns bald zurück. Bevor Chiara in ihrem Zimmer verschwand, sagte sie noch zu mir: »Mister Tory ist echt so klasse. Ich mag ihn total …

und dich übrigens auch.«

Eh ich mich versah, umarmte sie mich und gab mir einen Kuss, dann schloss sie die Tür.

East Sussex News

Samstag 10.08.19 Bei der am Vortag am Strand von Pett Level Beach aufgefundenen Toten handelt es sich um die neunzehnjährige Sarah P. aus Hamburg und damit um eines der seit einer Woche von einem Campingplatz in Camber verschwundenen Mädchen. Nach wie vor wird nach der anderen jungen Frau und dem gleichzeitig verschwundenen jungen afghanischen Flüchtling gesucht, der sich illegal in England aufhält. Die Polizei bittet um sachdienliche Hinweise.

29. Aufruhr

Samstag, 10.08.19

Wie am Vorabend vereinbart, brachen wir zusammen mit Matthew schon früh auf, um nach Covent Garden zu fahren. Die Radio-Nachrichten schockierten mich, weil damit die letzte Hoffnung begraben war, dass es sich nicht um Sarah handeln könnte. Das ließ Torys Ratschlag aber nochmals vernünftiger erscheinen. Waters fuhr uns. Als wir ausstiegen, sah ich vor Jusufs Wohnhaus eine Ansammlung von Menschen und wunderte mich. Sobald wir uns näherten, konnten wir bereits Wortfetzen hören, wie: *Illegal! – Criminal! – Murderer! – Out with them!* Besorgt traten wir näher. Auch Matthew versuchte erst einmal, aus dem Ganzen schlau zu werden. Er fragte einen der Umstehenden nach dem Anlass für den Aufruhr. Ich erkannte Chans Nachbarn, von dem wir den Schlüssel bekommen hatten. Und er erinnerte sich offensichtlich an uns. »Das sind sie. Sie stecken mit ihnen unter einer Decke!«

Einige drehten sich um und starrten uns entsetzt an. Von Matthew, der uns schützend zur Seite zog, erfuhren wir, dass man Laith entdeckt habe und seinen Aufenthalt kannte. Wo und wie wusste er nicht. Aber augenscheinlich hatte einer der Hausbewohner aufgrund der Bilder in den Nachrichten Laith wiedererkannt, ob dies am gestrigen Abend oder heute früh war, konnten wir nicht erfahren.

Chiara war zutiefst erschrocken. »Merda!«

Auch Matthew sah besorgt aus. Wirklich entsetzt waren wir, als wir erfuhren, dass einer die Wohnung aufgebrochen hatte – aber weder Emily noch Laith dort vorgefunden hatte.

Wir schafften es irgendwie, an dem aufgeregten Pulk vor dem Haus ins Hausinnere, eilten die sechs Stockwerke hoch. Auf dem Weg nach oben begegneten uns die beiden Katzen, die sich vermutlich über den ungewohnten Auslauf freuten. Chiara nahm sie beide auf den Arm, um sie zurück zur Wohnung zu tragen.

Die Tür hing nur noch lose in den Angeln. Jusufs Bude sah noch schlimmer aus als am Vortag. Aufgezogene Schubladen, die Schränke offen, zwei Pflanzen waren umgekippt, die Erde auf dem Boden. Emilys und Laiths Gepäck war noch da, ebenfalls durchgewühlt, die Sachen alle lose verstreut. Von den beiden jedoch keine Spur. Chiara schaute sich ratlos um, setzte sich aufs Bett. Dann stand sie auf und zog die Bettdecke zurück. Darunter lag ein kleines Buch mit einem Schloss, das jedoch geöffnet war. Daneben ein Stift.

»Ein Tagebuch.« Erstaunt sah sie mich an.

»Hm. Von Laith?«

Ratlos sah mich Chiara an. »Glaube ich eher nicht. Eigentlich darf man in so etwas nicht reinschauen, oder?«

Ich überlegte. »Ich weiß nicht. Aber in diesem speziellen Fall vielleicht schon?«

Chiara schlug das Buch auf. Darin steckten ein paar Postkarten. Eine ordentliche Mädchenschrift.

Ich freue mich irrsinnig auf die Tour … Chiara blätterte vorsichtig. Der letzte Eintrag war von heute … Sie klappte es zu. Das schlechte Gewissen, das einen packt, wenn man in private Sachen schaut, war ihr anzusehen.

»Es ist Emilys Tagebuch … soviel ist gewiss …«

»Aber wir sollten es mitnehmen, eh es in ganz falsche Hände gerät.« Sie wies auf die aufgebrochene Tür.

Ich gab ihr recht.

Matthew wollte sich schon wieder dem Ausgang zuwenden, da fiel mir etwas ein. Ich prüfte die Fenster. Und tatsächlich; eines war nicht richtig verschlossen. Ich öffnete es und machte es wie Chan zwei Wochen zuvor, vielleicht nicht ganz so elegant, und zog mich an dem Fensterrahmen nach draußen. Matthew hörte ich von innen rufen. »My God, what is he doing?« Während Chiara aufgeregt antwortete: »Ich glaube, er hat gerade eine gute Idee.«

Vorsichtig richtete ich mich auf. Hier war niemand. Dann

spähte ich über die anderen Dächer hinweg und sah, anders als vor zwei Wochen, nun im Hellen die Terrasse des Nachbarn, die wir auf so stürmische Weise letztens verlassen hatten. Ich holte tief Luft. Es war auch am helllichten Tag nicht viel besser. Doch dann kletterte ich tapfer von Dach zu Dach, bis ich an der Terrasse angelangt war. Mit einem Sprung landete ich und – entdeckte dort einen erschrockenen Laith, der sich in der Ecke der Terrasse verkrochen hatte.

»Oh, Sid! Sie suchen mich. Es war schrecklich. Sie haben die Tür aufgebrochen und das hier war meine letzte Rettung.«

Ich sah mich um. »Das war eine sehr gute Idee. Aber wo ist Emily?«

»Bevor diese Leute kamen, ist sie aus dem Haus gegangen, um etwas zum Essen zu holen.«

»Hat sie ihr Handy wenigstens dabei?«

»Nein. Das ist noch in der Wohnung.«

»Ach du Sch … Und du? Wie konnten sie dich überhaupt so schnell finden?«

Laith schüttelte den Kopf. »Ich weiß es nicht. Ich denke mal, es war wohl noch gestern Abend. Vielleicht der Nachbar, von dem ihr den Schlüssel geholt habt. Er muss durch den Hausspion geschaut haben, um zu sehen, wer da kommt. Anders kann ich es mir nicht erklären.«

Ich sah mich um und überlegte. »Zurückzugehen macht gerade wenig Sinn. Aus der Wohnung kommen wir nicht unbesehen heraus. Vor dem Haus stehen ganz viele Leute und sie sind nicht wirklich gut auf dich zu sprechen.«

Ich prüfte die Tür, die zur Wohnung führte, klopfte. Aber es blieb still. Diesmal war der Wohnungseigentümer nicht da.

Aber irgendwie mussten wir hier raus.

Dann fiel mein Blick auf den Kühlschrank.

Schnell schrieb ich Chiara eine Nachricht.

Laith ist auf der Terrasse. Emily ist ohne Handy unterwegs. Wir versuchen, hier wegzukommen. Bitte sag Waters und Matthew Bescheid, dass sie uns unten abholen, wenn wir es schaffen sollten.

Chiaras Antwort kam prompt.

Sid, passt bloß auf euch auf!

Mit Laith ging ich nochmals alle Alternativen durch, von dieser Dachterrasse unbesehen nach unten zu kommen. Aber zwischen den anschließenden Dächern waren die Abstände zu weit, um gefahrlos hinüber zu kommen, auch sahen wir keine geöffneten Fenster, durch die wir einsteigen könnten. Es blieb uns keine Wahl, wir mussten die Glastür irgendwie einschlagen und dann hoffen, dass wir auch aus der Wohnungstür gelangen konnten.

Ich erklärte Laith meinen Plan. Wir nahmen den Kühlschrank vom Stecker und hievten ihn bis zur Terrassentür. Selbst zu zweit war das ungeheuer schwer. Dann hoben wir ihn an und wuchteten ihn gegen die Scheibe. Es knisterte und ein Riss zog über das Glas. Mehr nicht. Wir machten es nochmals. Noch mehr Risse. Aber die Scheibe hielt stand. Erst nach drei weiteren Malen gab das Glas nach und Scherben flogen uns entgegen. Ich versuchte durch das Loch den Türgriff zu betätigen, doch der war bedauerlicherweise verschlossen und ließ sich kein Stück bewegen. Ich fluchte. Vorsichtig bemühten wir uns, mit den Händen das in der Scheibe entstandene Loch zu vergrößern, damit es für den Einstieg reichte.

Laith meinte irgendwann: »Das reicht für mich. Ich versuche es.« Tatsächlich war er noch schmaler als ich. Es könnte gelingen. Ganz langsam zwängte er sich durch die Öffnung. Er stieß mit der Schulter gegen eine der scharfen Glasspitzen, sein T-Shirt verfing sich und zerriss. Blut sickerte durch den Stoff. Aber er schaffte es. Dann sah er sich in der Wohnung um und kam schließlich mit einer kleinen schweren Alabasterfigur zurück. Die sah ziemlich teuer aus und war vermutlich nicht als Werkzeug gedacht. Ich dachte mir nur: *Der Typ, der hier wohnt, wird das, was wir hier schon wieder veranstalten, echt nicht so klasse finden.*

Auch der Kühlschrank sah nach der Aktion nicht besser aus. Der rote Lack hatte tausend Kratzer und die Tür war verbeult. Aber für solche Überlegungen war jetzt keine Zeit. Zumal ich in dem Augenblick wahrnahm, dass sich drüben auf dem Dach etwas tat. Ich hörte aufgeregte Stimmen. »Scheiße. Laith. Die kommen übers Dach!« Laith starrte mich entsetzt, aber auch fragend an. »Na, die Leute von da unten! Mach schnell!«

Laith erweiterte mit der kleinen schweren Statue das Loch, bis es für mich ausreichte. Eilig schob ich mich durch, doch auch ich zog mir blutige Kratzspuren am Arm zu und ratschte mir meine Hose auf. Ein Splitter drang in meine rechte Handfläche, was höllisch schmerzte. Doch ich hatte keine Zeit darauf zu achten. Als ich es geschafft hatte, eilten wir sofort zur Wohnungstür, die natürlich abgeschlossen war. Was nun? Die Stimmen von draußen wurden lauter. »Murderer! Stop them!« Mein Gott, die holten uns noch ein!

Da wurde Laith fündig. Halb verdeckt von den Jacken an der Garderobe hing an der Wand ein Schlüsselbrett. Hastig probierten wir die Schlüssel der Reihe nach durch. Und hatten Glück. Es fand sich ein passender für die Wohnungstür. Erschöpft von der Aktion waren wir dennoch in dem Augenblick einfach nur unendlich erleichtert. Ich glaube, es war das erste Mal, dass ich Laith wirklich richtig lächeln sah.

Wir hechteten das Treppenhaus hinunter. Ich musste

trotz der Aufregung dabei amüsiert feststellen, dass ich nun schon zum zweiten Mal dieses Haus im Eiltempo verließ. Draußen wartete ein paar Meter entfernt die Limousine von Waters. Chiara riss die Tür auf: *Mio Dio! Schnell! Wir konnten gerade noch raus, bevor die unten total ausgeflippt sind und das Haus gestürmt haben.*

Wir sprangen hinein, fanden neben Chiara und – ja, kaum zu glauben – auch Jusufs Katzen Platz. Sie starrten Laith und mich mit großen Augen an und wunderten sich wohl auch über diesen unerwarteten Ausflug. Waters startete wieder den Wagen.

In dem Moment rannten zwei Männer aus dem Gebäude, das wir soeben erst verlassen hatten. Auch kam uns lärmend und aufgebracht die Gruppe von Jusufs Haus entgegen. Einer versuchte noch die Limousine zu stoppen, rannte neben dem Wagen her und rüttelte schreiend am Türgriff. »Fuck Refugees!«

Chiara schoss eine Salve von italienischen Flüchen ab, Matthew stand der Schweiß auf der Stirn, Waters jedoch schaute so stoisch geradeaus wie immer und ließ sich nichts anmerken.

Als wir uns weit genug von Covent Garden entfernt hatten, meinte Matthew: »I'm used to Mr. Tory doing unusual things. But this is God knows one of his most spectacular jobs.« (6)

Ich musste ihm da recht geben. Er tat mir auch ein bisschen leid. Zudem verschonten unsere Wunden nicht die teuren Sitzpolster der Limousine, sondern färbten sie auf unschöne Weise ein.

Chiara stöhnte auf, als sie das sah. »Mio Dio, ihr seid verletzt!«

Auch Matthew stellte fest, dass er uns erst einmal verarzten müsste und ein Besuch bei der Polizei in unserem Aufzug nicht den günstigsten Eindruck machen würde. Wir müssten uns dringend vorher umziehen.

Also steuerten wir Kensington an.

Noch bevor wir dort ankamen, beschäftigte uns vor allem eine Frage: Was war nun mit Emily? Ohne Handy und auch ohne all ihre Sachen – was würde sie machen und wie könnten wir mit ihr Kontakt aufnehmen? Darauf hatte jedoch keiner von uns eine Antwort.

30. Offene Fragen

Als wir bei Tory ankamen, hob er erstaunt die Augenbrauen. Sein Blick wanderte über unsere blutige und zerrissene Kleidung bis zu Matthew, der etwas unbeholfen mit den beiden Katzen auf dem Arm dastand.

»Es sieht mir so aus, als wäre Ihnen irgendetwas dazwischen gekommen.«

Und so erzählten wir ihm, was die Pläne, mit Emily und Laith zur Polizei zu gehen, durchkreuzt hatte.

Tory schwieg zunächst, dann meinte er: »Sie duschen sich erst einmal, lassen sich von Matthew verarzten, auch sollten Sie die Kleidung wechseln und dann möchte ich von dem jungen Herrn hier die ganze Geschichte hören – und zwar alles. Vorher weiß selbst ich nicht, ob ich ihm helfen kann.«

Laith wirkte etwas eingeschüchtert. »Ja, Sir.«

Einigermaßen wiederhergestellt, mit Pflastern und Verbänden, die man außer meiner bandagierten Hand zum Glück unter der Kleidung nicht mehr sehen konnte, kehrten wir in Torys Bibliothek zurück und setzten uns zu ihm. Chiara hatte bereits dort gewartet und sah nervös aus.

Mein Blick fiel auf Emilys Tagebuch, das vor ihr lag.

Tory sah Laith freundlich, aber dennoch mit dieser ihm eigenen Autorität an und meinte: »So, mein Lieber. Von mehrfachem Diebstahl, illegaler Einreise mit falschem Ausweis, Flucht vor Strafverfolgung, Hausfriedensbruch und schwerer Sachbeschädigung weiß ich ja bereits. Was mich aber wirklich interessiert und mich daran hindern würde, Sie bei ihrem Gang zur Polizei und auch allem weiteren zu unterstützen: Was wissen Sie zum Verschwinden von Sarah und über Emilys Kenntnisse dazu? Und bitte nichts als die Wahrheit und aber auch alles, was Sie sonst so bemerkt haben.«

Laith sah blass aus und nickte.

Dann fing er an, zu erzählen:

Er hatte Emily an dem Morgen, bevor die beiden Mädchen verschwunden waren, erklärt, dass er ohne sie zu seinem Onkel aufbrechen wollte. Emily aber wollte sich nicht damit abfinden, hätte am Schluss auch geweint, was es ihm besonders schwer gemacht hätte. Bereits an den Vortagen hatte er die Streitigkeiten der Mädchen mitbekommen, auch dass Nele und Sarah keine besonders gute Meinung von ihm hatten.

Etwas später hatten Sarah und Emily vor dem Zelt erneut gestritten. Sarah hätte erklärt, sie würde ein letztes Mal zum Strand gehen und dann würden sie und Nele an diesem Tag weiterfahren, ob Emily das nun wollte oder nicht.

Tory hakte hier ein: »Dieses Mädchen Sarah hatte also nicht die Absicht, einkaufen zu gehen. Das hatte doch Emily Ihnen erzählt, wenn ich das gestern richtig verstanden habe.«

Chiara und ich nickten. Laith auch.

Tory vergewisserte sich. »Sarah wollte also alleine an den Strand gehen?«

Laith antwortete: »Ja. Ich habe nicht aus dem Zelt geschaut. Aber es hörte sich so an, als würde sie allein aufbrechen. Als ich mein Zelt verließ, um es abzubauen und meine Sachen zu packen, waren weder Emily noch Sarah zu sehen. Wobei Emily genauso gut wieder in ihrem Zelt sein konnte. Das ließ sich nicht erkennen.«

Tory folgte Laiths Worten sehr konzentriert. Es war für mich nicht erkennbar, was er dabei dachte. Er forderte Laith lediglich dazu auf, fortzufahren.

»Ich habe mich eilig aufgemacht und bin zu Fuß nach Rye gegangen. Gegen Mittag war ich dort. Ich wollte von da aus dann Emily eine Nachricht schicken. Aber mein Handy war leer. Ich habe es gut eine Stunde lang in einem Café aufgeladen und erst danach Emilys Anrufe gesehen. Dann rief ich sie zurück.«

Tory und auch wir horchten auf. Uns hatte Laith zuerst gesagt, er hätte nichts mehr von ihr gehört.

»Sie machte am Telefon auf mich einen echt komischen Eindruck und ich gebe zu, ich war da einfach nur noch genervt und habe irgendwann aufgelegt. Sie konnte es nicht akzeptieren, dass ich mich nun auf mich allein konzentrieren und nach Cornwall zu meinem Onkel wollte. Dass ich es einfach nicht sinnvoll fand, sie dorthin mitzunehmen.«

An dieser Stelle unterbrach Chiara ihn. »Als wir dich in Rye getroffen haben, gab es also nur dieses eine Telefongespräch? Und Emily hatte auch nichts von Sarah erzählt?«

Laith antwortete: »Ja, es gab nur dieses eine Telefongespräch. Dass Sarah fehlte oder vermisst war, wusste ich nicht. Auch nicht, dass Emily sich nicht bei Nele gemeldet hatte. Das habe ich erst von euch erfahren.«

Ich wollte es endlich wissen: »Warum bist du dann am nächsten Morgen verschwunden, ohne uns Bescheid zu sagen?«

»Ich hatte die Anrufe von Emily zuerst weiter ignoriert. Dann habe ich ihre Nachrichten am nächsten Morgen abgehört und es hörte sich echt beunruhigend an. Doch als ich Emily zurückrufen wollte, ging sie wiederum nicht an ihr Handy … Und ich brauchte Geld …« Dabei schaute er betreten zu Boden. Chiara winkte ab. Sie hatte ihm das wohl längst verziehen.

Tory fragte: »Sie sind dann also zurück nach Camber gefahren?«

»Ja, ich habe diesmal den Bus genommen, um schneller da zu sein und nach Emily zu suchen. Aber ich habe sie nirgendwo gesehen. Und dann habe ich stattdessen Abid getroffen. Er hatte irgendwie am Strand mitbekommen, dass nach den Mädchen gesucht würde. Und als ich ihm das mit Emily erzählte, meinte er, ich sollte verschwinden. Er sagte, ein illegaler Flüchtling und vermisste Mädchen, das käme gar nicht gut. Das könnte für mich mehr als problematisch werden. Und so hat er mich nach Canterbury gefahren.«

»Hm. Da hatte er wohl recht …«, gab ich zu.

Laith wirkte plötzlich sehr aufgebracht. »Was glaubt ihr, wie beschissen ich das erst fand? Leider gab es ja echt ein paar Idioten, die es uns allen schwer gemacht haben, in Deutschland Fuß zu fassen. Und ich kann es sogar verstehen … das, was man da ein paar Mädchen und Frauen angetan haben, ist abartig. Aber so bin ich nicht, bitte glaubt mir.«

Ich glaubte ihm. Auch Chiara nickte. Tory schwieg und bat ihn fortzufahren. »Und wie hat dich diese Emily in Canterbury gefunden?«

»Sie hat mich wieder angerufen und ich habe ihr dann gesagt, wo ich bin. Sie ist wohl eine große Strecke gelaufen und am Schluss getrampt.«

»Allora, hat sie dir gesagt, warum sie nicht zu Nele zurück ist und was sie solange allein gemacht hat?«

Laith schüttelte den Kopf. »Nein.«

»Mio Dio, du hast sie nicht gefragt …?«

»Doch, aber ich habe gemerkt, dass sie nicht darüber sprechen wollte«

»Tat sie dir leid?«, wollte Chiara wissen.

»Ja, sie tat mir leid. Sie war auch in Camber echt nett zu mir. Im Grunde war sie, außer Abid und seinen Freunden, die Einzige, die mit mir gesprochen hat … außer euch jetzt …«

Chiara betrachtete Laith prüfend. »Du warst nicht nur aus Mitleid mit Emily zusammen, oder?«

Laith wurde rot. Dann sah er zu Boden. »Nein, nicht nur … aber ich weiß nicht, ob ich … also, sie war irgendwie so vereinnahmend … ich habe mich teilweise nicht frei gefühlt …«

Nicht frei gefühlt. Da war es wieder. War Emily für ihn also zu einer weiteren Falle geworden? Ja, im Grunde in mehrfacher Hinsicht. Die erneute Flucht, das Versteckspiel und dazu wieder jemand, der einen einengt. Wenn ich mich an Stonehenge erinnerte – Emily hatte bestimmt, was zu tun war, nicht Laith. Wobei es mir immer noch so vorkam, als wäre dies auch aus einem anderen Grund geschehen.

Daraufhin sagte Chiara etwas, das mich zusätzlich sehr nachdenklich machte: »Sie ist in dich verliebt und du nicht in sie.«

Laith schaute weiter auf den Boden. Ihm war das Thema offensichtlich unangenehm. »Ja, vielleicht … ich weiß es einfach nicht …«

Ich erinnerte mich an Chiaras Worte in Stonehenge. Selbst sie wusste nicht immer, was sie wollte. Was das auch immer hieß …

Nachdem eine kurze Pause entstanden war, wechselte ich schließlich das Thema: »Du hast zu mir in Stonehenge an dem Morgen gesagt, dass Emily wohl wüsste, was mit Sarah ist. Wie kamst du darauf?«

Laith wirkte bekümmert. »Sie hat die ganzen Tage schlecht geschlafen und im Traum auch manchmal geschrien. Sie war, seit sie nach Canterbury kam, total verändert und natürlich habe ich mich auch gefragt, warum sie eigentlich abgehauen ist und sich nicht gemeldet hat, obwohl sie gesucht wird.«

Ich fragte ihn: »Hm. Aber warum habt ihr gesagt, ihr wolltet Sarah suchen, und seid dann aber stattdessen nach Brighton und später nach Cornwall gereist?«

»Ich wusste zuerst selbst nicht genau, was wir als Erstes machen sollten. Und dann war es Emily, die so verwirrendes Zeugs geredet hatte, von wegen Sarah suchen, und auch wegen ihrer schlechten Träume dachte ich, wir sollten das vielleicht machen. Aber dann wurde mir auch irgendwann klar, dass sie das in Wirklichkeit gar nicht vorhatte …« Laith legte eine Pause ein. »Mehr weiß ich auch nicht. Das ist alles.«

Tory wies auf das Tagebuch, das vor im lag.

»Kennst du das?«

Laith biss sich auf die Lippe.

»Hast du darin gelesen?«

»Nur kurz. Emily hat es bemerkt und war ganz außer sich. Danach habe ich nicht mehr reingeschaut.«

Mr. Tory schwieg eine Weile.

Auch von uns sagte eine Zeit lang keiner was. Dann meinte Tory: »Man sollte es auch nicht machen, es sei denn es gibt ganz wichtige Gründe dafür. Ich verwahre es so lange auf und schaue nicht hinein, bis wir vielleicht von Emily wieder etwas hören und sie sich selbst bei der Polizei meldet. Denn das sollte sie wirklich tun. Ich weiß es nicht. Aber ich habe, genau wie Chiara, das unbestimmte Gefühl, dass wir hier mehr erfahren würden. Vorerst aber wollte ich nur Ihren Teil hören und ja, das reicht mir fürs Erste. Damit können wir getrost zur Polizei gehen. Und nein, wir werden dieses Buch nicht zu ihnen mitnehmen … Übrigens werde ich genauso ihre kleine Aktion auf der Terrasse ausklammern. Mir ist es dank Chiaras Beschreibung, während ihr oben wart, schon gelungen, den Eigentümer der Wohnung ausfindig zu machen. Wir haben uns geeinigt, das finanziell unter der Hand zu regeln …«

Ich staunte. Auch Laith saß da mit weit geöffneten Augen und war überrascht, das konnte ich genau sehen.

Laith fragte Tory dann noch: »Sie glauben mir also?«

Tory sah ihn mit seinen blauen Augen nochmals intensiv an und antwortete schließlich: »Ja.«

Also machten wir uns auf den Weg. Laith war sehr aufgeregt, aber tapfer und froh, dass wir alle, sogar der alte Mr. Tory mitkamen. Und an wem es auch immer dann lag – auf dem Londoner Kommissariat hörte man sich alles ruhig an, Laith verpflichtete sich dazu, erreichbar zu bleiben, und wurde nicht, wie er schon fast befürchtet hatte, in Untersuchungshaft genommen. Nach gut zwei Stunden fuhren wir wieder zurück nach Kensington.

31. Hamburg

Den letzten Abend in London verbrachten wir mit Laith und Tory. Und der alte Herr schaffte es, dass es ein sehr schöner Abend wurde.

Wir saßen wie in der ersten Woche draußen auf der Terrasse und Tory unterhielt uns mit kleinen Episoden von seinen Reisen, erstaunte Laith damit, dass er sogar früher einmal in Afghanistan gewesen war. Laith wiederum erzählte uns einiges von seinem Land und auch seiner Zeit in Deutschland. Zudem gewann er nochmals meine Zuneigung, indem er einen überraschend guten Musikgeschmack hatte, für jemanden, der den Großteil seines Lebens weit entfernt von Pop und Rock verbracht hatte. Und Chiara sorgte dafür, dass es erneut lebhaft und auch amüsant wurde.

Und dennoch schwebte darüber wie so oft die Frage, ob und wann man sich wieder sehen, natürlich auch, was aus Laith werden würde und wo Emily war.

Doch zumindest mit Chiara konnte ich noch ein paar Tage länger verbringen. Tory hatte für uns Flugtickets nach Hamburg für den frühen Morgen besorgt. Denn auch, wenn nun Emily nicht mitkam, hielt Chiara daran fest, es wäre wirklich an der Zeit, ihre Mutter wieder zu besuchen, und dass ich sie kennenlernen sollte. Auch Mama war auf meine Anfrage hin mit ein paar zusätzlichen Tagen Hamburg einverstanden.

Als wir uns von Mr. Tory, Matthew und Laith verabschiedeten, tat das jeder auf seine Weise. Chiara umarmte sie alle stürmisch, ich war etwas zurückhaltender, dennoch fiel es mir nicht leicht. Wir bedankten uns beide bei Tory, denn er hatte uns zwei außergewöhnliche Wochen am Meer geschenkt. Wie fast jedes Mal war es nicht seine Schuld, dass sich die Reise gleichzeitig mit Gefahren und sehr Ernstem vermischt hatte. Tory drückte mir dann noch das Tagebuch von Emily in die Hand. »Verwahren Sie es und geben Sie es Emily oder ihren Eltern.«

In Hamburg angekommen, durfte ich schon am Flughafen Chiaras Mutter kennenlernen. Sie war ein bisschen die ältere Ausgabe ihrer Tochter, rothaarig, unkonventionell und sehr charmant. »Ah, wie nett, dich kennenzulernen, du bist also Sid!« Sie umarmte mich herzlich, fragte uns kurz nach unserer Reise, dann begaben wir uns zur nächsten U-Bahn und fuhren zu ihrer Wohnung. Dort bekam ich eine Ahnung davon, wie unterschiedlich die Welten von Chiaras Mutter und ihrem Vater doch waren: Die Wohnung war mitten in der Stadt, sechster Stock, innen alles bunt und chaotisch. Mit einer ganzen Menge esoterischem Kram, wie ich mit Erstaunen feststellte.

Chiara kicherte, ich glaube, ihr war es fast etwas peinlich. Frau Da Rosa interessierte sich für unsere zwei Wochen in England. Während ich damit bei meiner Mutter gezögert hätte, erzählte ihr Chiara alles freimütig. Chiaras Mutter fand es gar nicht bedenklich, dass wir Laith geholfen hatten. Und wie sich herausstellte, war sie auch ein absoluter Mr. Tory-Fan. Dass Chiara ihr doch so viel von ihm erzählte hatte, erstaunte mich. Ich war mir ziemlich sicher, sie war da ihrem Vater gegenüber zurückhaltender.

Abends bekamen wir dann auch ein komplettes veganes Essen serviert – Chiara witzelte vorher, das wäre jetzt das Pendant ihrer Mutter zum Wildschweinbraten und war gespannt, ob ich es essen würde. Es gab Falafeln mit viel Gemüse. Und dann noch so eine Süßspeise, alles ohne Eier, Milch oder sonstige tierische Produkte. Und ja, es war eigentlich echt okay.

Am nächsten Tag zogen wir durch die Stadt und gingen abends ins Kino. Wir versuchten uns so gut es ging abzulenken, obwohl uns weiterhin die Frage beschäftigte, was aus Emily geworden war.

Dienstag, 13.08.19

Am frühen Dienstagmorgen klopfte Chiara an mein Zimmer. Erstaunt öffnete ich. Ohne weiteren Kommentar zeigte sie mir die Nachrichten auf ihrem Handy.

Hamburger Tageblatt

Dienstag 13.08.19 Die seit zwei Wochen als vermisst geltende Emily S. ist wieder aufgetaucht. Sie gehörte zu den beiden gesuchten Mädchen, von denen eines vor ein paar Tagen am Strand von Pett Level Beach/East-Sussex tot aufgefunden wurde.
Auch der in diesem Zusammenhang gesuchte Flüchtling Laith A. hat sich zwischenzeitlich bei der Londoner Polizei gemeldet. Dass er mit der Toten am Strand in Verbindung gebracht werden muss, wird nach dem derzeitigen Ermittlungsstand jedoch ausgeschlossen. Die Polizei geht mittlerweile von einem tragischen Unfall ohne Fremdverschulden aus.

Emily war wieder aufgetaucht! Zum Glück! Ich war wirklich erleichtert. Dennoch blieb die Tatsache, dass man Sarah tot aufgefunden und dass sich diese Nachricht nicht mehr verändern würde …

Chiara schien jedoch immer noch zu grübeln. Nach einer Weile erklärte sie: »Ich möchte trotzdem noch einmal Nele besuchen. Ich habe schon herausgefunden, wo sie wohnt.

Chan hat uns ja, als wir am Strand waren, ihren Nachnamen genannt. Der ist ziemlich selten. Ich habe ihn mir gemerkt.«

Ich zögerte. »Nele besuchen. Nicht Emily? Wieso das?«

Chiara antwortete: »Wir haben sie eigentlich kaum gesprochen. Vielleicht auch, weil ich doch noch etwas mehr wissen will.«

Also machten wir uns auf. Nele sah elend aus. Warum, war keine Frage. Die letzten zwei Wochen mussten für sie fürchterlich gewesen sein. Nicht zuletzt natürlich der Tod ihrer Freundin. Dennoch freute sie sich über unseren Besuch. Sie wollte unbedingt alles wissen, was wir in Erfahrung gebracht hatten, auch sie wollte verstehen, warum Emily damals verschwunden ist. Obwohl sie wohl schon zurück in Hamburg bei ihren Eltern war, hatte sie sich bei ihr noch nicht wieder gemeldet.

Nele zeigte uns auf ihrem Handy ihre Fotos, die sie auf der Tour gemacht hatte. Von ihr stammte auch das Bild, das im Fernsehen gezeigt worden war. Sie hatte es der Presse zur Verfügung gestellt.

Plötzlich hielt Chiara inne. »Stopp! Zeig das noch einmal. Das Foto da eben …«

Nele wischte mit dem Daumen nach rechts, das Bild vorher erschien wieder.

»Zoome mal bitte etwas heran«, bat Chiara sie.

Auf dem Foto war Sarah in Shorts und einem lustig bedruckten T-Shirt zu sehen, so etwas im Chiara-Style:

No time for boring things.

Chiara zog die Stirn kraus. »Ja, das ist es. Das ist das T-Shirt, das mir beim Packen von Emilys Sachen aufgefallen ist, und auch die Shorts. Sie waren so anders als das, was sie sonst getragen hat. Ich hatte ihr gesagt, sie solle es doch mal anziehen. Aber sie hat ganz komisch reagiert.«

Nele sah erstaunt aus. »Aber das sind Sarahs Kleidungsstücke. Sie hatte das beides meist am Strand angezogen.«

»Vielleicht hat Emily es an dem Morgen beim Packen versehentlich eingesteckt?«, überlegte ich.

Nele schüttelte den Kopf. »Emily ist sehr ordentlich. Sie hätte nie etwas versehentlich eingepackt.«

Ich glaube, sowohl Chiara als auch ich hatten in dem Moment die gleichen Gedanken, und plötzlich hatte es Chiara auch sehr eilig.

Sie ließ sich noch Neles Handynummer geben, dann verabschiedeten wir uns. Bereits vor der Haustür teilte sie mir mit: »Es ist Zeit, dass doch jemand in das Tagebuch schaut. Ich jedenfalls will es jetzt wirklich wissen. Es lässt mir sonst keine Ruhe.«

Ich nickte. »Ja, das geht mir genauso.«

Wir kehrten zu Chiaras Wohnung zurück und ich eilte sofort in das kleine Gästezimmer, um das Tagebuch aus meinem Koffer zu holen.

Chiara war sehr nervös, als sie die Seiten aufschlug, die ersten Eintragungen kurz überflog und dann schnell weiterblätterte, bis sie an dem Tag des Verschwindens der Mädchen angelangt war. Der Tag, an dem auch wir am Strand in Camber waren …

30.07.19

… jetzt ist sie fort. Für immer. Ich habe einfach zugesehen und konnte nicht anders. Sie hat noch gelacht, als ich gesagt habe, es wäre zu gefährlich. Es sah so schön aus. Diese Wellen. Im Morgenlicht. Alles war so ruhig und still, nur das Rauschen des Meeres, sonst nichts. Das Meer hat geglitzert. Sie hat gewunken. Und ich habe zugeschaut. Bis sie verschwunden ist. Einfach weg. Ihre Kleidung habe ich eingesteckt. Warum, weiß ich nicht. Dann bin ich losgezogen … ich werde nicht zurückgehen, sondern Laith suchen …

Als wir das lasen, begriffen wir endlich. Sarah war ertrunken. Es war ein Unfall gewesen. Emily hatte eigentlich nichts getan, vermutlich hätte sie Sarah auch gar nicht alleine retten können. Und dennoch war es ungeheuerlich, und ich begriff, warum Emily danach nicht mehr zurückgekehrt war, warum sie geflohen ist, bis sie es nicht mehr konnte.

Wir sprachen eine ganze Weile nichts. Dann unterbrach Chiara die Stille: »… Sie hat das keinem erzählt, oder …?«

»Es sieht so aus, ja.«

»Mio Dio …«

»Sarahs Eltern zumindest hätten ein Recht darauf, zu erfahren, wie sie gestorben ist. So aber wissen sie gar nichts. Und Emily … ich glaube, es ist auch nicht gut für sie, das für sich zu behalten.«

Chiara strich nachdenklich über das Tagebuch. »Du hast recht. Aber, was glaubst du, was wir tun sollen?«

»Also, ich denke irgendwie, das ist eine Entscheidung, die Emily selbst treffen muss. Es ist ihr Tagebuch. Vielleicht sollten wir es ihr schicken?«

»Per Post schicken? Ich denke eher, wir sollten es ihr vorbeibringen.«

»Wir haben aber keine Adresse?«

Chiara sah mich an und hob die Augenbraue. »Das lässt sich ändern.« Und schon hatte sie das Handy zur Hand und rief Nele an. Die war zwar etwas erstaunt, gab Chiara aber dann die Adresse von Emily. Und kurz danach machten wir uns zu ihr auf den Weg.

32. Emily

Emily sah immer noch genauso blass und fertig aus wie in der Vorwoche. Auch ihre Begeisterung, uns zu sehen, hielt sich wieder sehr in Grenzen.

Nur zögernd ließ sie uns in die Wohnung. Sie war an diesem Mittag alleine zu Hause. Sie erklärte, ihre Eltern wären beide noch bei der Arbeit. Geschwister hatte sie anscheinend nicht. Etwas unschlüssig bot sie uns einen Platz an. Da sie nichts weiter sagte, beschloss Chiara, das Gespräch zu beginnen. »Wie bist du wieder nach Hause gekommen?«

»Ich konnte aus einem Café telefonieren. Meine Eltern sind noch am gleichen Tag nach London geflogen. Ich bin mit ihnen zusammen zurückgekehrt.«

»Ah. Da hattest du Glück.« Chiara legte eine kurze Pause ein. Dann fragte sie: »Möchtest du uns endlich erzählen, warum du eigentlich mit Laith bis nach Cornwall gereist bist? Und was mit Sarah war? Wir sagen es auch keinem weiter. Wir wollen einfach nur verstehen …«

Emily fuhr erst mit ihren Händen über ihre Jeans und zupfte anschließend an der Tischdecke auf dem Wohnzimmertisch herum. »… Das habe ich der Polizei alles schon erzählt. Ich weiß nicht, was mit Sarah passiert ist … ich … bin mit Laith durch die Gegend gezogen. Das ist alles …«

Chiara biss sich auf die Lippe und wenn sie jemals ihre Emotionen schlechter verbergen konnte, dann war es wohl in diesem Moment. Auch Emily schien das zu bemerken.

Doch sie ging zunächst noch mehr auf Abwehrhaltung: »Was wollt ihr von mir? Ich kenne euch im Grunde gar nicht. Das mit Laith war vielleicht ein Fehler … aber sonst …« Sie machte eine abwehrende Geste. Doch sah sie dabei, wenn das überhaupt möglich war, noch ein Stückchen elender aus.

Chiara seufzte. Ich wusste irgendwie in dem Moment, was in ihr vorging. Spontan nickte ich ihr aufmunternd zu. Dann sagte sie: »Wir … haben dein Tagebuch in Jusufs Wohnung gefunden …«

Auf Emilys Gesicht spiegelte sich in dem Moment so etwas wie Erstaunen, Entsetzen und Erkenntnis. »Wo ist es?«

Chiara nahm es langsam aus ihrer Tasche heraus, behielt es aber in der Hand.

Emily starrte auf das Buch, blickte auf den Boden. Dann flüsterte sie: »Ihr wisst es … ihr habt darin gelesen …«

Ich glaube, sowohl Chiara als auch ich waren etwas beschämt, und Emily tat mir auch leid in diesem Augenblick. Denn als sie wieder aufschaute, sah man die ganze Last, die nun schon seit zwei Wochen auf ihr lag.

Schließlich sprach sie und wir hörten einfach nur zu.

»Dass Nele Sarah gefragt hat und sie mitgekommen ist, war so nie gedacht. Und ich war unendlich enttäuscht. Diese Reise haben wir seit Monaten geplant. Nur wir beide. Nele und ich. Und dann hieß es plötzlich, dass Sarah mitkommen würde. Es wäre alles anders gekommen … Und … sie hat sich lustig gemacht. Über alles. Über mein Tagebuchschreiben. Über meine Reiseziele und … über Laith. Sie wollte ihn melden. Sie wollte ihn einfach verraten. Das waren ihre letzten Worte und dann ist sie lachend ins Meer gelaufen … trotzdem … ich wollte es und ich wollte es nicht … ich weiß es nicht mehr …«

Tränen rannen über ihr Gesicht. Es war so, als würde sich alles auf einmal aus ihr lösen.

Chiara legte ganz leise das Tagebuch in Emilys Schoß.

»Es ist deins. Entscheide du. Du musst es keinem sagen. Aber vielleicht kannst du Sarahs Eltern erzählen, wie sie gestorben ist. Es würde ihnen bestimmt helfen. Du musst nichts von dir erzählen.«

Emily nickte.

»Laith ist übrigens noch in England. Man bemüht sich um ein neues Asylverfahren für ihn. Wir halten weiterhin Kontakt. Ich glaube auch, er würde sich freuen, wenn du dich bei ihm meldest …«

Emily nickte. »Ja …«

Dann standen wir auf und verabschiedeten uns stumm.

Am Abend dieses Tages hörten Chiara und ich zusammen Musik. Musik, die uns an diese Reise erinnerte, traurige und fröhliche, dabei sahen wir uns unsere Fotos an. Wir sprachen nicht viel miteinander, aber manchmal muss man das auch nicht.

Donnerstag, 15.08.19

Am Donnerstag sollte ich am Nachmittag zurück nach Hannover fahren. Den Zug hatte ich bereits herausgesucht. Sowohl Chiara als auch ich hatten davor die Tage Ablenkung und Zerstreuung gebraucht, auch etwas Zeit, um die Geschehnisse sacken zu lassen.

Am Morgen wollte Chiara mit mir zum Hamburger Fischmarkt. Vielleicht inspiriert durch unsere Tour mit dem Fischer. Genau weiß ich es nicht. Tatsächlich war es ein Erlebnis, die vielen bunten Buden zu sehen und die Fischverkäufer zu erleben, die mit ihren Angeboten lautstark und ideenreich wetteiferten.

Wir blieben vor einem der Wagen stehen, mit unzählig vielen Fischen in den Auslagen. Da überkam vermutlich auch Chiara, die hier, wie sie sagte, schon zigmal gewesen war, erstmals ein eigenartiges Gefühl.

»Sie sind jetzt tot.«

Der Satz klang merkwürdig banal. Aber ich wusste genau, was sie sagen wollte. Unsere Reise war glimpflich ausgegangen, wir hatten sogar in Sachen Laith einiges erreicht und dennoch blieb es dabei, dass es eine Tote gegeben hatte. Ein Mädchen, das wir kaum gekannt hatten, das uns beiden vielleicht sogar spontan nicht einmal sympathisch war. Aber sie war noch so jung und sie war gestorben, aus Leichtsinn und aus der gleichen Ahnungslosigkeit wie Chiara, die das Meer an diesem Tag unterschätzt hatte.

Aber ohne Rettung. Ohne einen einzigen Versuch. Das blieb das Entscheidende und das Warum.

»Emily hat nichts getan. Sie hat einfach nichts getan. Nicht währenddessen und nicht hinterher. Sie hat das, was ihr, du und Chan sofort unternommen habt, gar nicht erst versucht. Sie hat alle suchen und hoffen lassen. Warum?«

Ich überlegte. »Ich denke, es war nichts Bewusstes. Vielleicht stand sie unter Schock. Auch, als du ins Wasser gegangen bist, sah das Ganze harmlos aus, als du gerufen und die Arme ausgestreckt hast, hätte man das auch als fröhliches Auf- und Abhüpfen interpretieren können. Aber ich glaube, Emily hat Sarah gehasst, weil sie sie vielleicht dafür verantwortlich hielt, dass Laith allein weiter wollte. Sie hat es auch für ihn getan. Für ihn nichts getan. Besser gesagt: Sie hat mit ihrem Nichtstun eine Entscheidung getroffen.

Eine falsche Entscheidung. Leider für alle …«

»Da hast du recht. Und das macht es so traurig, wirklich tragisch. Da man es ein ganz bisschen verstehen kann und dennoch weiß, dass es völlig verkehrt und daher auch strafbar ist. Du hast sofort etwas getan und mich damit gerettet. Du hast nicht gezögert.«

Ich hielt kurz inne, dann erklärte ich: »Ich hätte es für jeden getan. Ich halte das für selbstverständlich. Der große Unterschied aber war und ist: Für mich wäre es entsetzlich gewesen, wenn dir etwas passiert wäre – ich habe gespürt, dass da was nicht stimmt, weil du mir wichtig bist …«

Chiara hatte einen ganz sanften Blick bekommen. »Das ist schön, was du da gesagt hast … über mich. Mir geht das übrigens genauso. Ich würde immer merken, wenn es dir schlecht geht, und es wäre schrecklich für mich, weil du mir ebenfalls wichtig bist …«

Ich sah zu Boden und merkte, wie tausend kleine Glücksfunken in mir hochstiegen.

» … Allora, lass uns gehen. Es wird Zeit …«

Beim Abschied am Bahnhof kramte Chiara in ihrer Tasche und zog ein kleines, in Geschenkpapier verpacktes Päckchen heraus. Mit dem Aufkleber *Canterbury Cathedral.* »Das hätte ich fast vergessen …« Sie reichte es mir und ich öffnete es: Es war eine winzig kleine Spieluhr, die aussah wie ein altes Grammophon. Ich zog die Kurbel auf und etwas leiernd, aber durchaus erkennbar, ertönten die Klänge von:

La Mer …

Heiser sagte ich: »Das ist … echt schön! Danke … Hm, ich habe auch noch etwas für dich, längst nicht so schön, eher lustig gemeint.«

Ich öffnete meinen Koffer und nahm eine riesige Sammelpackung mit kleinen Vinegar-Chipstüten hervor und drückte sie Chiara in die Arme.

Sie schaute erst verdutzt, dann musste sie schallend lachen.

33. Wieder zuhause

Mittlerweile ist es Herbst geworden und damit sind einige Wochen vergangen, seit ich wieder zu Hause bin und alles aufgeschrieben habe.

Es gab in der Zwischenzeit auch ein paar gute Nachrichten:

Tory hat nicht nur die Glastür des Nachbarn, sondern auch Jusufs Wohnungstür in Ordnung bringen lassen. Nachdem Matthew ein paar Tage die Katzen gehütet hat, waren er und die beiden Tiere irgendwann froh, als sie wieder in Jusufs Wohnung einziehen konnten.

Chan meinte nur, Jusuf hätte Verdacht geschöpft, weil seine Wohnung so ungewohnt ordentlich aussah. Ansonsten hat Chan nur wenig zu der ganzen Sache gesagt, außer dass sowohl Chiara als auch ich echt crazy wären.

Mr. Tory sagt, was Laiths Asylantrag anbelangt, könnte er noch nichts versprechen, aber er würde alles tun, was ihm möglich wäre, auch dass Laiths Eltern eventuell nach England kommen könnten. Es ist wohl wirklich nicht einfach, aber wenn einer so etwas schafft, dann ist das ganz gewiss Mr Tory. Ich glaube, er ist glücklich, dauerhaft einen so jungen Gast bei sich zu haben. Er meint, es wäre so ein bisschen wie sein Aufenthalt vor mittlerweile achtzig Jahren bei den Montgomerys. Nur dass eben Laiths Eltern im Unterschied zu seinen noch leben würden.

Laith hat sich auch bei dem Sozialarbeiter Alex gemeldet. Er hat sich bei ihm entschuldigt und ihm versucht alles zu erklären. Zudem hat er ihm den Ausweis zurückgeschickt und auch das gestohlene Geld mit Unterstützung Torys überwiesen. Alex hätte recht locker reagiert und gemeint: »Laith, Hauptsache, du schaffst es in England und wirst glücklich!«

Emily und Laith schreiben sich regelmäßig. Emily hat sich mittlerweile mit Sarahs Eltern ausgesprochen. Es kann kein leichtes Gespräch gewesen sein. So viel ist gewiss. Ob sie Emily jemals verzeihen können, glaube ich fast nicht. Auch wenn es vermutlich unmöglich war, dass Emily Sarah hätte retten können, es bleibt dabei: Sie hatte falsch gehandelt hat und vor allem hätte sie nicht schweigen dürfen. Aber ich hoffe zumindest, das Gespräch hat beiden Seiten in irgendeiner Weise geholfen, zu verstehen oder aber das Geschehene zu verarbeiten.

Chiara und ich wissen noch nicht, wann wir uns wiedersehen können, fassen aber spätestens das nächste Frühjahr ins Auge. Vielleicht wieder in Campeto. Und vielleicht auch aufgrund einer Einladung von Mister Tory. Man weiß es bei ihm ja nie.

Diese zwei Wochen in England und am Meer sind nun

zu Ende erzählt. Sie waren in mancher Hinsicht anders als die vergangenen Sommer. Heißer, turbulenter, voller Überraschungen, aber auch sehr Nachdenklichem. Wie in den Vorjahren werde ich meine Geschichte wieder als E-Mail an Mister Tory schicken.

Sids Playlist

Vermissen – Juju, Henning May

Fate – Boy Harsher

London Calling – The Clash

Sing – Travis

Hurt – Johnny Cash

Arabesque – Coldplay

La Mer – Charles Trénet

Ophelia – The Lumineers

Rescue me – One Republic

Merry Christmas Mister Lawrence – Ryuichi Sakamoto

Cathedral – Crosby, Stills & Nash

Woodstock – Crosby, Stills & Nash

Catch me I'm falling – Real Life

Vagabonds – New Model Army

A Forest – The Cure

Fisherman's Blues – The Waterboys

Noah's Dove – 10.000 Maniacs

Nachwort

Liebe Leserin, lieber Leser,

es freut mich, wenn du bis hierhin gelesen hast und ich hoffe, dass dich dieser dritte Band von »A. S. Tory« gut unterhalten konnte. Sofern du die beiden anderen Bände bereits kennst, bist du mit den Hauptprotagonisten bereits vertraut, ansonsten gibt es immer noch die Gelegenheit, diesen in Band Eins und Zwei nochmals zu begegnen. Wie bisher nach jedem der Bücher weiß ich noch nicht, ob es mit »A. S. Tory« weitergehen wird. Immerhin ist er bereits ein sehr alter Herr. Da es sich zwar um fiktive Geschichten handelt, die aber parallel zur Echtzeit spielen, hat auch hier die Corona-Pandemie eine Schneise geschlagen.

Inwieweit also das Jahr 2020, das folgerichtig das nächste Jahr für einen weiteren Band wäre, einen erneuten Roadtrip ermöglicht, ist zur Zeit noch etwas fraglich. Auch sonst hat diese völlig neue und weltweite Zäsur das Schreiben ganz sicher beeinflusst. Die wiederholte Reise nach England war ursprünglich für 2020 in Echt geplant, musste aber gecancelt werden und so habe ich diesen Trip rein virtuell unternommen, konnte aber zum Glück auf vorangegangene Besuche zurückgreifen.

Wie so oft stoßen auch diesmal die Erlebnisse der Protagonisten Fragen an, die auch mich beschäftigt haben. Sei es das Flüchtlingsthema, das durch Corona zwar an den Rand gedrängt wurde, aber dennoch nicht an Bedeutung verloren hat; oder die meines Erachtens erforderlichen, aber sehr gravierenden Einschränkungen unserer Freiheit.

Reisen wohin man will, Begegnungen, auch körperliche Nähe, und dies ganz spontan, sind plötzlich zur Gefahr und damit auch zum absoluten Luxus geworden. Umso mehr hat mich daher die Frage beschäftigt, was Freiheit eigentlich bedeutet. Ein ziemlich großes Thema, ich weiß. Und ganz sicher konnte auch ich es nicht komplett und erschöpfend behandeln, wohl aber in Miniatur anhand ein paar ausgewählter Beispiele zumindest anreißen und damit zur Diskussion bzw. zum Nachdenken anregen. Wäre das der Fall, wäre schon viel erreicht.

Wie immer sind diese Geschichte und auch alle Personen rein fiktiv, Ähnlichkeiten zu Namen oder Begebenheiten zufällig und daher ohne Bedeutung. Wobei sowohl die Örtlichkeiten als auch das äußere Zeitgeschehen nicht erfunden sind. Aber auch hier erlaube ich mir gewisse Freiheiten, die dem Plot zugutekommen.

An erster Stelle danke ich wieder meinem Mann und meiner Familie für ihre Geduld und ihr Verständnis. Das ist sicher nicht immer einfach und daher nicht selbstverständlich. Ich weiß das daher besonders zu schätzen.

Auch bin ich sehr glücklich, Testleser zu haben, die mir

schnell eine Rückmeldung geben. Denn im Warten bin ich ganz schlecht. :-) Es ist einer der ersten wichtigsten Bausteine nach Erstellung des Rohmanuskripts. Daher möchte ich mich ganz herzlich bei Bettina, Petra, Sylvia und Leo bedanken, die wieder mit sehr guten Ratschlägen dabei waren. Aber auch den vielen anderen, die mit Interesse oder positivem Zuspruch mein Schreiben begleiten, bin ich immer sehr dankbar. Es ist schwierig, alle Namen zu nennen. Aber ich denke, ihr wisst ganz genau, wer gemeint ist.

Weitere unverzichtbare Bausteine sind Lektorat und Cover. Daher ein großes Dankeschön an Silvia Hildebrandt für die wiederholte tolle Zusammenarbeit und den Feinschliff am Buch; ebenfalls an Stefan Hilden, der meines Erachtens erneut ein wunderschönes und passendes Cover zu diesem Buch erschaffen hat.

Wer sein Feedback abgeben oder mehr zu mir erfahren möchte, findet mich sehr leicht unter meinem – ebenfalls fiktiven – dafür aber einzigartigen Namen. Ich freue mich immer über Nachrichten und natürlich über jeden neuen Leser.

S. Sagenroth, im August 2020.

Übersetzungen und Zitate

Die meisten der eingeflochtenen englischen Wörter oder Sätze dürften sich aus dem Kontext heraus erklären. Hier dennoch die Übersetzung einiger weniger Passagen und die Fundstelle für das Sartrezitat.

(1) »Ihr solltet niemals denken, dass das nur ein Spaß ist. Ihr hattet Glück, dass ich da war.«

(2) »Sid, du bist der beste Kirschkernspucker, den ich jemals gesehen habe …«

(3) Zitat aus: Sartre, Jean-Paul: Ist der Existentialismus ein Humanismus? Ullstein, Frankfurt 1989

(4) »Sie sind nur ein paar üble rothaarige und rotgesichtige englische Jungs.«

(5) »Wie nett, der junge Mann möchte dem hübschen Mädchen Blumen schenken?

(6) »Ich bin ja an Mr. Torys ungewöhnliche Unternehmungen gewöhnt, aber das hier war weiß Gott sein spektakulärster Auftrag.«

A. S. Tory – Roadmovie um die Suche nach einer alten Single

Eine Reise ins Ungewisse,

eine Vinylsingle aus den siebziger Jahren

und eine tragische Familiengeschichte.

Der fünfzehnjährige Sid öffnet zu Beginn seiner Herbstferien eine E-Mail mit unbekanntem Absender. Ohne zu ahnen, was auf ihn zukommt, lässt er sich auf die Einladung des geheimnisvollen Mr. Tory ein. Von London führt es ihn quer durch Europa bis nach Marokko. Gemeinsam mit dem Mädchen Chiara begibt er sich auf die Suche nach einer vergriffenen Schallplatte und drei Brüdern. Was mit Neugier und Abenteuerlust beginnt, nimmt jedoch nach und nach eine gefährliche Wendung.

Ein spannender Roadtrip, nicht nur für Jugendliche.

Seitenzahl: 276 S.

Erscheinungsdatum der Neuauflage: 30.03.2020

Kurze Leseprobe:

Sonntag, 22.10.2017

Der abgestandene Geruch eines lange nicht mehr gelüfteten Raums. Kopfschmerzen. Schwacher Lichtschein blinzelt zwischen den Gardinen hindurch und beleuchtet abwechselnd das Chaos auf dem Fußboden: schmutzige Sockenknäuel, verdreckte Turnschuhe und ein undefinierbarer Haufen fleckiger Kleidung. Eine seltsame Maske und ein altes in Leder gebundenes Buch ragen aus einem Rucksack. Daneben liegen ein zerrissenes Zugticket und ein großer Tierzahn. Auf dem Plattenspieler rotiert David Bowies Heroes …

Ich hebe meine Hand und halte sie in den Lichtstreifen. Erschrocken ziehe ich sie zurück. Breite Kratzspuren laufen über meinen Arm, meine Fingernägel sind eingerissen und schwarz. Ich taste nach meinem Gesicht, meine Lippen sind aufgeplatzt, schmecken Blut. Verwirrt falle ich auf das Kopfkissen zurück und erinnere mich …

A.S. Tory und die verlorene Geschichte

Eine E-Mail mit einer Adresse in Venedig, einem Foto aus den Dreißigerjahren und einer Gratulationsanzeige.

Mehr Informationen haben Sid und Chiara nicht, als sie beschließen, die Vergangenheit eines mysteriösen Engländers zu enträtseln. Bei ihrer Suche landen die beiden im alten Ghetto Venedigs, im Wiener Untergrund und in Berlin-Kreuzberg. Nach und nach erforschen sie eine Biografie, die von einer ersten Jugendliebe, allerbesten Freunden, grenzenlosem Hass und Tragik erzählt. Unmerklich verwebt sich die Geschichte mit der Gegenwart und ihnen selbst. Gelingt es, das Puzzle vollständig zusammenzusetzen?

Eine spannende Reise durch die Zeit, nicht nur für Jugendliche.

Seitenanzahl: 276 S.

Erscheinungsdatum: 16.09.2019

Kurze Leseprobe:

Berlin, November 1938 Der Kellerraum war von Dunkelheit und Eiseskälte erfüllt. Ein modriger Geruch lag in der Luft. Boden und Wände waren rußig und feucht, an den Seiten die Umrisse einiger stählerner Regale mit Kisten und Blechdosen. Der Junge öffnete die Augen. Die Sprungfedern der schäbigen Matratze stachen ihm in die Rippen. Vorsichtig richtete er sich auf. Er fror, Schwindel erfasste ihn und Hunger breitete sich als Schmerz in seinem Magen aus. Mit der Zunge fuhr er sich über die aufgesprungenen Lippen. Vor ihm lag eine zerbrochene Schale mit einem letzten harten Brotkanten. Die Kanne war umgekippt. Nur noch ein feuchter Fleck auf dem staubigen Steinboden. Sein schmächtiger Körper tat weh, Arme und Beine fühlten sich taub an. Angst. Mit aller Gewalt kehrte sie zurück. In der Ecke zeichnete sich ein dunkler Haufen ab. Eine Kinderuniform. Ihn ergriff ein Schaudern. Was hatte er getan? Er musste fort. So schnell wie möglich …